染

葉佳怡

推薦序

藍光寫實

賴香吟（作家）

上個世紀即將結束之前，小說圈子裡，有幾支筆，讓我嗅到新芽的氣息。那是禁抑解除之後的文字騷動，沙泥俱下，雖暢快但漸漸也使我有點厭倦的時分，那幾支筆讓人察覺新氣氛倏忽也從根柢養大了什麼新種，昔日的非常漸漸已成日常，雖然還不確定花態是怎樣的，但顯然會不一樣吧。其一是黃國峻（1971），其二張亦絢（1973），其三童偉格（1977）。

新世紀，華麗再轉爛熟，熟透了竟是那麼無聊之境，有幾年，好似不分所謂四、五、六年級，大家手上都無牌可打，莊家爆牌連連，新手籌碼有限難免斤斤計較，總之玩不開，偶而桌邊閃過幾個醒腦的名字如李佳穎（1977）、伊格言（1977），以及彼時的網路九九黃麗群（1979），但總地來說好似集體消磨光陰湊合在即將結束營業的咖啡館或小酒吧，談些什麼文學死不死的話題，實在讓人很難振作*。

落底總也要跌深反彈，若如研究者指出，多數時代高潮，有著十年高昂、十年低迷的二十年週期，那麼，差不多該是時候了，看看新的寫手能否激起群體振作？雖然學術界走向點數化、勞動化的時勢，難免折損一些新手，特別是熬苦湯的小說志向軍，不過，還願留下來的，希望也就無怨無悔，新世代如黃崇凱（1981）、朱宥勳（1988），表現亮眼者不在少數，甚而，驚醒夢中人的是，一種不計生澀的反叛熱情，敢於改寫遊戲規則的莽撞，似乎回魂了。儘管是千瘡百孔的時代，但眼前的世界，如果你敢於迎上前去，那可挑戰的是太多太多了。

在這一批新力軍裡，有時，我會被問到：年輕的女性小說寫作者，到哪裡去了？回頭一看，確實有點稀疏。不過，話說回來，沿用過去類似保障名額概念，特別觀察一世代中有多少女作家存在，我也不認為有其必要。新世代女性成長經驗不同以往，性別角色也多演變，就算要談所謂陰性書寫，也不一定專屬於（生理）女性，新世紀同志書寫之細膩幽微，更上層樓，目不暇給，刺繡般華麗淒慘快樂。近年多數女性小說寫作，在異性男孩語氣與同志陰性口吻包抄的情勢下，反倒呈現了淡化性別特色、去性別、跨性別的傾向。

葉佳怡（1983）於此時的出現，不僅給創作質量日趨穩定的八〇後（或所謂七年級）新文學強化了陣容，也相對標示出一個比較面目清晰、不同前代的女性小說寫作者。她的第一本小說集《溢出》，雖說是從處理女性自我認識出發，不過，與其說她是接棒繞著細說兩性差異、爭取平權的女性議題打轉，不如說她企圖以一些新時代的觸感，撫摸想像性別元我，甚至做了跨性的探索。性別在她的小說圖裡已經不是一個非打不可的箭靶，而是回歸作為一種人的特質來觀察、試驗，用她自己的詞，叫作「培養皿」，小說展演成為表現菌種分裂繁殖的各種可能。

第二本小說集《染》接續處理的是「培養皿」外的世界。這在《溢出》最後一節「窗外」已現端倪，小說場景從生冷科幻異境墜落回到人間：公寓、樓梯間、梅雨季、兒子、女兒、父母、家族、招魂。《染》進一步將那些戲偶、生化人或如奇幻傳說般的角色，一變成為底層的畸零人、各種家庭裡的創傷者；概念舞台、摩天大樓，落地成為工廠、鐵皮屋；科學程式還原成製造業、速食店、鍋碗瓢盆。葉佳怡似乎想從抽象的心靈劇場，走進百相生的浮世繪，幾乎沒有一個小說志向者可以自外於這個挑戰，讓自己被天地萬象材料淹沒，然後再想辦法從材料裡探頭出來。

葉佳怡有些偏愛字，「技術」是其中之一。這在第一本小說集十分顯著，以跳躍的智性，技術性地拆解、展現（Display）、重扮（Cosplay）人的樣態：性別、生殖、記憶、愛與痛。已有評者指出佳怡文字選材的金屬性，倘若接續以童話象徵來說，是白馬、獨角獸的犄角，用醫學或科技術語來說，是穿透角膜與水晶體（難免也就傷眼）的藍光。

第二本的技術意圖還是很強，音樂界喜歡說B面第二首，往往藏著企圖心與實驗性，年輕作者寫第二本書，往往也有點難料，若非第一本餘緒，就是以第一本為敵，自我挑戰。《染》比《溢出》有著更多警覺：對情緒與自我的警覺，她依舊不斷設題，自問自答；她想要試試寫實，但用新的切割法：選取日常生活裡那些冷僻、方正、客觀、意義不太外顯，因而不常被拿來做文章、也因而還沒被文學寫濫的中性之物，是的，她喜歡中性，趨避濫情，拉高俯寫那些無可突破的具體物象之中所可能存在的極端情緒，一觸即發的衝突，甚至也不衝突而就這樣硬生生地吞受活著下去了。

因而，全書明明強迫面對氣味雜沓、俗語橫流的現實生活，卻寫得鏗鏘冷靜，人間各角落，人與記憶與願望如粉漆四處脫落，小說家再毫不手軟補上幾刮，愈刮愈顯露出那病化的內牆。葉佳怡於《染》所寫出來「培養皿」外的世界，新世紀的浮世繪，未必相對可認識、可接納，反倒奇形怪狀、匪夷所思。這是「寫實」嗎？也許，真的是，我們的確生活在一個結構業已崩裂的現實世界，沒了驕傲，沒了嫵媚，沒了信念，可憐新寫手望出去是如此破碎的景觀，也可幸新寫手告訴我們時代業已至此。

雖然是老調，我相信文學反映時代，也因此，我們永遠需要新的文學，因為時代無時無刻不在變異著。葉佳怡有著小說家必備的敏感與企圖：對材料如此，對文字也如此，我很高興有她加入新世紀的小說美勞隊，是的，美勞，看要解釋成美術勞作或美學勞動，都可以，當我們還在路上，暫且這樣稱呼吧。至於這隊伍如何與時俱進，是否能抵達有所驕傲，有其嫵媚，也有信念的境地，那是小說志向者的修藝之路，心經祕笈，也是我們的人生。

＊至此敘述，顯然略過高翊峰、王聰威等同世代文學，容我將之歸流於袁哲生的傳承，另作他題。參見「物理的抒情」，賴香吟，《印刻文學生活誌》第116期。文章原題為：「屬於男孩的」。

輯一

山楂花之死

他帖子都發了，離婚典禮，四字燙銀，簡潔的細體字。從印刷店老闆接過那一疊微熱的卡紙時，他手腕一扭，袖口的扣子就掉了一顆，那扣子是金屬電鍍了白底紅邊，滾一滾就消失在印刷廠機械隆隆的運作聲中。他趴在地上整整找了四十五分鐘，沒有必要，當然沒有必要，但他找到了。幾位陌生員工經過，拿了長長裁切刀座在機械底下撈了撈，沒撈到，但他找到時都笑了，說是為他開心。帖子終於寄完後，幾個長輩打電話來罵他，有夠不吉利，也有朋友來笑，以為是結婚八週年的驚喜派對，結果聽到是真的，支支吾吾不知如何是好，隨便搪塞後消失無蹤。大部份的人沒反應，也不知道會不會來，但他無所謂了，不想再一一確認。反正他知道小馬會來，小馬來就夠了，其他再說吧。畢竟夜還清朗，雲是淡淡的印子。

那些日子畢竟過去了：白襯衫熨平、藍襯衫熨平、灰條紋襯衫熨平，他把下襬盡量平整地塞進褲頭，拉出一點弧度，出門，無論陽光或濕氣都能平均灑滿外套沒有遮蓋的襯衫表面。至於外套，外套內裡總有些皺褶，煨了些汗氣，雖說襯衫才是最沾身體，但畢竟襯衫每日換洗，外套則會隔上好一陣子，所以留下的汗總是顯老。不見得酸，就是老。

反正都是自己洗的。自己的汗，自己洗淨，自己烘乾。偶爾發懶就送去洗衣店，拿回來時都是新的冷洗精氣味，香得充滿銳角。小金有時聞到，皺皺鼻，說這個味道好，或者就沒反應，也不知道是不是討厭。

他有好工作，他是知識份子。他的光亮黑皮鞋踩在人行道的灰色方磚時喀喀作響。西裝質地更好，絕不是社會新鮮人買的平價貨色。他在走出公司大廳的玻璃門前會側眼偷瞄自己，賞看自己日益俐落又名貴的身段與步伐。他是好的，他沒做錯事。他把舊燈泡旋下來時每秒兩轉，裝上新燈泡也是每秒兩轉。走在百貨公司裡無盡重複的廊道時還會隨音樂節奏走路，彷彿和整個空間流動的旋律親愛同步。開車時則會和路上包了細花頭巾的大嬸買茉莉，然後把茉莉掛在小金的梳化鏡上。小金不常用梳化鏡，坐在鏡前梳髮或上乳霜時雙眼淨是放空，看的絕非鏡內自己。然而香氣還是在的，他想，香氣還在，如同最細微的假設鑽在小金鼻腔與周身所有細胞皮層。香氣是在的。

他不確定這是不是一個愛的問題。很長一段時間，他在A片裡面尋找小金，而小金不過坐在客廳看電視，聲音開得很小，說不定比他的A片聲還小。那是一項沉默的競賽，為的是比較誰能更不打擾誰，誰又比誰更文明。他張大耳朵，試圖捕捉小金移動時在沙發上摩擦的聲音，或者小金起身，倒了杯水，不小心把水壺的底部碰上桌緣，甚至無意間咒罵出聲。抓到了。儘管如此輕微，他仍試圖讓所有聲響片段大過窗外的風。A片裡的小金袒胸露腿，臀部幾乎全無贅肉，看到一點未剃淨的點點毛根就算稀奇；但當然也有小金浸在奇特的液體中，比如糞尿，比如桃子酒，比如類比糞尿的泥，比如某個小金在片中自行烹調的味噌湯水。這些小金都叫得很大聲，太大聲了，簡直人神共憤。但他知道A片裡的小金都是裝的，那些小金，他知道。他不是傻子，他知道A片和人生是分開的。

他不是傻子，他知所進退。上庭時他懂得篤定微笑，懂得所有意氣風發的言談。就算面對劉海因汗沾黏在額前的愚鈍法官，他仍有辦法一次次擺放自己的不卑不亢。有時客戶在庭上忍不住插話，他把紙本俐落推過去，聽紙刮擦玻璃桌面，狀似慎重又瀟灑地要對方寫下那些即將躍出舌尖的言語。客戶寫的字句他從不看。你付錢來找我說話，就別想教我該怎麼說。

小金當然從不指導他說話，他也不指導小金該如何說話。他以為這是彼此尊重的完美形式。彼時兩人在學校初初見面，小金就只是笑，所有旁人說的話都海綿般吸收進去，偶爾遇上一、兩個懸宕的語尾，她客氣又略帶幽默地接上，引發現場一陣歡笑，他當然也跟著笑。他從來不了解小金接收了多少訊息，也不確定這些訊息對她造成了多少影響。但現在回頭想想，小金或許一直在改變，那些經年累月吸收進去但從不釋放的訊息全都由內而外緩慢改變小金的樣貌，促使她終於散發出屬於自己的香氣，那幾乎屬於植物的香氣。他問過小金，小金搖搖頭，笑他傻。他不是傻子，他說，但還是笑。

然而唯有在遇上那樁公益案件時，小金開口了。當時兩人坐在小吃店，油膩桌面彷彿塗了一層黏蠅膠。老闆揮鏟聲從廚房一刮一刮傳來，偶爾伴隨油水噴濺蒸發聲響。熱，氣味都熱，飽滿的空氣幾乎讓人無從呼吸。遠方雨雲甚至仍未逼近。小金說，那件性侵案，你要怎麼辦？他愣了一下，沒想到會有這麼一問。小金繼續說了，我之前在學校輔導過那孩子。沉默。她又揀了幾口滷海帶，沒發出咀嚼聲，就這麼靜默咬著。那孩子很慘，父親打他，大概兩個小孩也都騷擾，不過我也只能說這些。老闆娘開始在工作檯上把叉燒肉切片，紅外層切開是一片帶灰無水的白。小吃店外有車經過，排氣管發出垂死的聲響。一隻狗吠了兩聲。

他沒說話，但不明白怎麼變這樣。「他性侵的可是自己的妹妹。」說完這句話，小金卻還是沉默，他又說了一次。老闆繼續揮鏟，一點一滴的油水伴著炒空心菜刮入盤裡，接著又落入新的油，滋咂作響。老闆娘又開始切豬耳朵，刀子劃過膠質時發出短暫的剝裂聲。電視上的主播仍然做著嘴型，但沒有聲音。他其實不明白，如果不向電視要求聲音又何必打開？他對圖像沒有信任，就連書報印刷的文字都不行。他又說了一次。

小金歪頭，但看不出是否思考，表情比靜默還沉，「他只是個孩子。」「他妹妹也只是個孩子呀。」「我知道。」他突然又聞到小金身上那股香氣，接近山楂花。

他不懂植物，但自從小金發出植物香氣，他就到處去香水專櫃或精油店比對，找到幾個可能來源，再跑去花店及園藝店找真正的植株對照。最後終於確定是山楂花。山楂植株不小，長得再怎麼客氣也是一棵樹，雖然可以種成盆栽，但照料不易，所以他後來還是特地跑到一個半山的農園才確定，但來回時在陰霾的山裡開著車迷路繞旋，到家時已是深夜。當中最麻煩的問題是，山楂花氣味和山楂不同，尤其市面上的山楂片人多發酸，帶點梅粉味，山楂花卻多了一股杏仁香，後味還讓人聯想到滷汁中的八角。

這滷海帶看來也有用八角，是呀，讓他焦躁的不只是空氣中瀰漫的厚油味。

小吃店真的很熱，溫度似乎還在升高，但小金幾乎不流汗。之前他不明白，不確定小金是體質特殊，還是有意識地避開了所有流汗的活動。他只知道小金不愛健身、不愛戶外活動，甚至不愛逛街。有一天經過她的梳化桌，多看了一眼，確實有幾罐防曬乳液：所以小金也是有在防曬的。小金確實在意陽光與熱意的侵擾，或許也代表她對汗水的篤定隔絕？只有一次，律師事務所辦了登山活動，小金難得答應出席，他終於在小金頸項看到了汗珠，但那汗珠還沒凝聚足夠重量，還沒來得及流下，另一位女同事就替她親愛的抹掉了。如果那位女同事不出手，小金自己也會出手吧，但一直到現在他還是不明白：難道當時我該出手？我要如何知道這種事？一個女人不愛流汗，甚至期待愛人替她擦掉那從汗腺排出的液體，這樣逆反身體本能的事他要如何知道？在小吃店也是這樣的，他早已滿頭大汗，說不定還滴進了眼前的魷魚羹湯，但小金一派乾淨，他仔細回想，才發現小金早已反覆而適切地把汗擦掉了。女人的手擦女人的汗，一個多麼細微而又奇詭的秘密。

當然一切仍然有跡可循，只要你願意。比如他每天早晨穿上新襯衫，那襯衫上總是多了山楂花的氣味，儘管小金從來否認，但他總是堅信她把襯衫穿過了。一想到這裡，他才意識到他們兩人身型如此類似：他不算高、小金不算矮。當然身體稜角圓潤有別，他的手腳比例也大些，但把結婚紀念照翻出來看時，他發現只要兩人沒擺特別姿勢，看來確實身型類似，性別甚至不易分辨，只是穿了男女不同衣服款式，但都一身潔白。白色顯胖，兩人都微微膨脹，彷彿真正因為快樂。彷彿酒精。

他問小馬，「我該如何看待離婚？」小馬沒說話，只沉默喝酒，一杯杯高級威士忌，雙份，為自己叫也為他叫。他喜歡來這種高級酒吧，從認識小金前的學生時代就常來，小金初與他交往時跟了幾次，之後再也不願接近。他問小金為什麼，小金總有不同理由，比如累、比如沒有喝酒心情、比如不想與外人交際、比如看酒保不順眼、比如再也說不真切的疲累，他總是相信了，他也只能相信。不過他現在想，或許，或許這就是關鍵。如果他把原因問清楚了，表現出接近猜疑而不信任的姿態，一切或許便不會演變至此。冬天太冷，太乾燥。街上有女人臉上的皮屑混著粉液碎落。他不在意。他不知道這樣不夠。

他跟小馬說了襯衫的事，小馬終於第一次擱下酒杯，眼睛看著他。酒保此時開始切冰塊，冰錐戳刺聲後面接著一道道裂開的聲紋。遠方幾乎開始有雨雲，風逐漸止息。「她穿你的襯衫？」「對，有她身上的味道。」「說不定是給她在外面的男人穿。」「沒道理呀，特地把我的襯衫拿去給別人穿嗎？」小馬笑了，又不說了。酒保把新的杯子放上吧檯，放入新的平整方形冰塊，倒入新的威士忌，這杯是陳年高價品。小馬把杯子推到他面前，「喝就是了。」

他喝醉了。回家，把衣櫃打開，襯衫一件件塞進垃圾袋，聲音足以把整棟公寓內的住戶吵醒。他聽見小金從房間門口走過，聽見小金坐在客廳沙發上，難道又要看電視嗎？電視比我好是吧？他氣憤地拖著垃圾袋走出去，袋子在地上曳出更大的嘶嘶聲響，簡直像豢著一隻巨大的蛇，聽到沒有，這聲音很大，這聲音非常大，聽到了嗎，你給我好好說話呀，好好解釋一下呀。客廳裡的小金在梳頭髮，髮絲間傳來濃濃山楂花香，他每走一步就愈覺得氣味濃重，小金你到底想怎樣。第二天早上醒來，空氣好乾淨，小金三天前就搬出去了，他想起來了。他喝醉了後聽覺敏銳，幻覺敏銳，唯有現實死絕。昨晚的大鬧其實完全沒有吵醒誰。

是那個孩子的緣故吧。那孩子也不說話，簡直是小金翻版。他本來想幫他多爭取點空間，少點刑責，但看他從頭至尾不願說話的淡漠，心裡便出現了懲罰慾望。懲罰小金的慾望。雖然他和社工與相關人士溝通過了，知道雖然罪名為「性侵」，但情節並不重大，這孩子絕對需要輔導，但不必嚴懲。十四歲的男孩子是很尷尬的，身體還沒抽長，胸膛還不緊實，滿臉青春痘見證了荷爾蒙的存在，但聲音細細的，手腳也還細細的，只有慾望不成比例得膨大。然而無論是什麼年紀，該說話的時候就該說話，這點他沒得妥協。於是在第二次見面，那孩子已經對他的第十個問題保持沉默，他終於忍不住了。「你不說話，怎麼期待這個世界了解你？你這樣是負責任的行為嗎？」社工給了他一個眼神，他也知道自己失態了，於是走去茶水間重新泡了一杯濃茶，倒掉，再泡，再倒掉，一直換到第八杯才回來。垃圾桶裡滿是茶梗與死葉的渣滓。

小金不說話，那孩子也不說話。當孩子沉默時，他腦中充滿和他倆辯論的獨白。對，你知道我也不是怪你，很多事情，我也覺得自己可以體諒，應該體諒，但是這世界上每件事都很複雜，所以在能力範圍內，我們應該努力去講清楚。你可能會說，事情哪裡有這麼簡單呢？事情怎麼可能講得清楚呢？但我們總得去找一個說法，至少是去努力找出一個說法，不然怎麼辦呢？一個案子再怎麼拖延，最後還是得宣判的，既然要宣判，就需要一個說法。既然需要一個說法，你就得先嘗試說，然後我們來討論，來辯論，來看看有什麼新的想法。你什麼都不說，責任都推回我身上，我不是很可憐嗎？要是不幫你，好像顯得我殘忍，要是幫你，好像又是我輸了，你知道嗎？為什麼我必須是那個做決定的人？大家都應該參與這個決定吧？你們是當事人，難道不該多說點話嗎？

要不是社工在場，他真想問這孩子，欸，看A片嗎？是因為看了A片想模做嗎？A片跟人生不同呀，傻孩子，你或許還不明白，但總是要明白的。你喜歡那些咿咿呀呀的聲音嗎？你喜歡那些激烈的抽插和猥褻的言語嗎？對，猥褻，法律條文上都是這樣寫的，猥褻。你喜歡那些猥褻的一切嗎？猥褻很好，猥褻充滿被過度放大的聲音，猥褻充滿汗與熱與各種氣味。猥褻是五感，是器官的擺放，是夾纏了一個人的同意與一個人的不同意。猥褻是一種瞬間的轉換，猥褻是聖杯，猥褻是小金跟他說：你不明白那孩子經歷過什麼。而他說：你又怎麼知道他妹妹經歷了什麼？小金聳聳肩，我們又沒在審判他妹妹。

「我根本不該跟你討論這個案子。」『我知道。』你知道？你知道卻偏挑這個時候說話。其他時候怎麼不說？

他還記得一次開庭結束，必須陪客戶去見一位關鍵人，見完關鍵人，從大樓的日曬陰影處走出，竟然看見小金與一位學校女同事在咖啡店聊天。他見過小金和別人相處的樣子，比如他曾去她學校參加活動，就看到小金與老師們互動確實比在家熱烈，不過儘管熱烈，也看得出根柢上仍有安靜需求。她只是仔細將自己展現到適當程度，使用活潑到恰好的語言；不過她還是一樣細心，總是貼心補上別人的疏漏。大家都稱讚小金，說他娶到小金是福氣，他有一股反駁的衝動，但立刻意識到那是一股不恰當的衝動。學校裡的小金仍偶爾散發出山楂花香，但不那麼濃，較像餘味。話說回來他聞到的似乎總是餘味。在他的夢裡，鮮甜氣味總是和現實植株相似，小金的味道卻是餘味，彷彿驗證大雨曾經降下的草地濕氣。

他應該去尋找那第一手的來源嗎？

隔著一條街與咖啡店的落地窗，他看見小金與那位女同事談話。和以往不同，小金不只等待接話，而是穩重又直接地不停訴說。她偶爾微笑，偶爾嚴肅正經，偶爾用節制手勢搭配自己話語。小金眼神有光亮，熚熚閃在髮梢與桌上的鍍鉻金屬器皿，但不過度，然而整個空間都是她的光亮反射。他想砸毀那道玻璃。他想摧毀勝過擁有小金掌控的空間。不過當然，事後證明，他當時的慾望有一半是錯的。

慾望大概總有一半是錯的。他想擁有小金，這有一半是錯的。他想拯救自己的婚姻，這句話有一半是錯的。他想懲罰那男孩，這衝動有一半是錯的。正如同那男孩想撫摸自己的妹妹，這整件事竟然也只有一半是錯的。他常在夜裡驚醒，看到小金終於願意躺在他身邊睡著，便撫摸了，然而小金的半排拒也讓他覺得自己有一半是錯的。是吧，只有一半吧，在一個人的同意與一個人的不同意之間，這猥褻在婚姻裡也只能算上一半吧。

他是在歐洲旅行時求婚的。他早該知道。小金當時立刻就說好，但眼神看著遠方海岸線。小金為什麼要說好？為什麼她說了好，卻像是準備許久，最後終於做對了一件事那樣？

他是一件對的事。

當然，他是對的。他甚至是好的。有一次他微醺時問小馬，我是好的吧？小馬瞇眼笑，當然好，然後把酒推過去，輕輕碰了他的手指，再喝吧，喝就對了。

小金十指交握著他事務所的女同事來見他，他卻幾乎沒說話，只是聽，腦袋裡轟隆作響，彷彿有一千道閃電打在大腦皺摺裡，瞬間逼他刪改一切記憶。話講完了，女同事離開了，小金看他，他還是沒說話。一陣子的安靜。一臉早已僵硬無謂的小金都要走了，他才說，「辦場離婚典禮吧。」小金流露驚訝神色，他於是知道自己做對了。總算對了。於是繼續說，說得好快，你也知道的嘛，這不是誰的錯，這是慶祝我倆的新生。我倆的新生才是最重要的。結婚要慶祝，沒道理離婚就不能慶祝。我們誰也沒做錯事呀。是吧？誰也沒做錯事吧？人如果有困惑，就要解決，解決之後就要好好解釋，至於無法解釋的部份就概括承受，是吧？說到底就是這樣子吧？「關於那個孩子……」「不，是我不該干涉你的工作。」「不會，我跟負責他的社工討論過……」「你不用向我解釋。」小金別開眼神，再說了一次，「你不用向我解釋。」

他又去了半山的農園，時序又即將入夏，一排山楂開滿白花，形象如耐熱梅花。遠方山頭的綠意並不濃豔，山貌也不崢嶸，幾塊地方坍塌了、灰禿了，但仍有幾處蓋了碩大的農舍，幾乎全用原木素材，由於許多農舍都開了鄉野素材的餐廳，於是外簷掛滿手工的木雕或草編，遠看彷彿細而多彩的流蘇。然而山楂花就是霧狀的一片白，香氣濃郁。沒人來買這種花的，農人有些困惑，我也不太知道該怎麼賣。一般都是等它結果，一串串暗紅色的小圓果，然後看我們有沒有餘閒摘來加工，沒空就扔著。雖然不是必要農作，但要是完全沒有，感覺也不對，所以不能全賣你。他又看一看，這邊山楂樹不多，但用其中三分之二的花大概也夠了。講完價他走進樹叢，蚊蠅與蜜蜂在一旁搧動多汁翅膀，而他腋下也逐漸發出酸餿水汽。他捻下一朵半開的山楂花，揉碎，香氣出現一點腐敗，他於是更細緻、更細緻地揉，直到白色花瓣全變成一團灰綠色的泥屑，直到雙手再也找不到乾燥潔淨的所在。

他工作，他走路，他訂了離婚典禮的日期。他像往常一般打掃住處，將一批批襯衫送洗，再把所有送洗單據依日期用磁鐵夾在冰箱上。他繼續從網路訂購有機水果與蔬菜，沒時間調理就水洗或汆燙來吃。他沒收拾小金的東西，事實上小金也沒什麼東西。小金一直像隻概念上的寄居蟹，除了把訊息都無聲儲存在大腦深處，所有生活物件也總是組織成小小團塊，以行星環繞方式在她周身規律運轉，所以只要換個殼就能帶走整個人生。她不是一個乾淨齊整的人，但非常清楚哪些物品屬於自己，更以自己的方式掌握所有物品下落。於是儘管她沒把行李全收拾完，他也非常明白自己沒有整理必要。他不可能比小金明白哪些東西需要從哪裡拿出來，他甚至連哪些物品真正屬於自己都看不出來。

他打開衣櫃，知道小金把衣服收拾帶走了。他隱約知道。但整個衣櫃看來又像從未改變。這種事是有可能的嗎？

小金打了幾次電話來，你確定嗎？你確定要辦嗎？他總是語氣歡快，當然，當然要辦，你不要害羞，這樣很好，就當作我們最後的回憶，沒什麼不好，是吧？小金似乎有點不安，有點猶豫。他終於對了。但，或許，小金是因為愧疚配合他？欸他瞎想什麼呢，小金當然是因為愧疚而配合他。當然。

離婚典禮前一天，他和那男孩見了最後一次面，男孩還是不說話。你是傻了吧，他心想，狀況你妹妹都說了，我們知道情節不重大，你就給我們一個說法吧。你不給一個說法，我要怎麼幫你爭取？手機在西裝左胸口內袋不停輕微震動，彷彿蓄意交錯打亂他的心跳，加深焦躁。男孩臉上有幾顆青春痘爛熟了，隱隱透出即將流出的膿。那黃白色的濃稠液體偶爾帶點綠，永遠潛伏在某個健康到幾乎不健康的片刻，那不只是火氣、不只是失眠、不只是荷爾蒙、不只是你在每個清晨遺忘洗臉、不只是以反面提醒你這世上擁有一種最健康、最健康的生活方式。手機又震動了，他想放棄了。社工說會幫忙再想想辦法，他說好，再想想辦法吧。我們再一起想想辦法。

他回家，遠遠就聞到山楂花香，那侵略性的酸與杏仁味共同襲來，最後在圍繞蚊蠅的街燈底下，他終於看到一台小卡車，那車背後滿滿、滿滿、滿滿都是白色山楂花。農人靠在車門外抽菸，胸腔一吸一吐地鼓脹又凹陷，隔著薄汗衫起伏又起伏。理由不外乎就是那些：明天家裡臨時有事，本來想取消，但又聯絡不到你，想想就都剪了，結果送來還是聯絡不到你，律師工作果然辛苦，社會菁英吶，想說等一下好了。那麼，那麼收半價就好，剩下的錢你明天再找人幫你送去。至於裝花的籃子，我明天晚上再來收，現在我先幫你搬上去，好嗎？他幾乎要生氣了，可是農人說了好多話，真的好多話，這下他要怎麼生氣？他要怎麼用更多的語言去反駁？花放到明天就死了吧？他只說得出這句話。不會，你不是明天一大早就要用？撐一個晚上還行的。記得把冷氣打開，別太熱就行。還行。

沒有一本書告訴你該如何規劃離婚典禮，這他早就知道了。沒有人知道該如何配合這樣的典禮，這他也早就知道了。但他必須重新開始，他必須堅持這場獨腳戲。他寫了幾段回顧的話，幾段祝福的話。他在回憶裡搜尋小金幾抹真心微笑，畢竟那些微笑確實存在過。在與他平行的另一側時空帷幕，小金的微笑非常悠遠。他本來以為這樣就很好了，這樣是對的，他們只要一起望向遠方就好了。然而現在他知道了，他必須創造一些新東西，其實當時就該創造出一些新東西了，但現在更需要。如果不能創造一些新東西，他會永遠困在這個失敗的宇宙。一個字是一個宇宙、一個詞彙是一個宇宙、一句話也是一個宇宙，他需要一個全新而巨大的宇宙。他可以的。他打開冷氣。在關上氣密窗前，他聽見外面的蟬鳴。那是盛夏的第一聲蟬鳴，每年重複，毫無新意。然而他終究鎖起了窗戶，氣密窗的玻璃於是隔開了那每年重複的吶喊。

他幾乎能聽見客廳內滿滿的山楂花逐漸在敗壞。

此時蜷縮在床上的男孩仍在回憶，青春痘也還在滲出膿水，但連他自己都不明白為何要不停回憶。他相信妹妹對所有人說了真話，他確實相信，因為妹妹沒有說謊的理由。他那天鑽進妹妹棉被裡，拉下長睡衣下的內褲，確實是想放進去的，但是太軟呀，怎麼樣也無法成功。結果抬頭看，妹妹一臉清醒看著他，臉上和他有同樣被父親揍過的瘀青，眼神裡有同樣的漠然。妹妹問他，怎麼樣，還要試嗎？他問，你還想要我試嗎？妹妹聳聳肩，我也不知道，只是一臉無謂。他僵住了，她看著他，他還是不動，她於是翻身繼續睡了，第二天起床一樣替他買了樓下的蛋餅作早餐，一樣擠好了各半的醬油與辣膏。他不知道怎麼辦，自己跑去和父親坦白了，父親狠狠揍了他一頓，報警，說要好好給他一點教訓。那表情炙熱發光，幾乎美麗。

他不知道問題出在哪裡。

延遲死亡總是需要低溫。他於是把整間公寓的冷氣開到極低，不但減低可能腐敗的氣味，也順道減低了原本的氣味。是的杏仁、是的八角，這些味道仍然存在，但在清冷的空氣中變得內斂幽微，甚至變得如同人造香精般扁平。明明早已不是季節，他還是特地從衣櫃底層翻出摺在塑膠袋內的毛外套，一點一點仔細攤開，再拿黏毛滾輪一點一點清潔。在拿外套時，他看見了透明抽屜裡摺好的各色襯衫，於是攤開後把鼻子湊向前。沒有味道。小金走了之後就再沒有味道。明明現在整間公寓都是山楂花的味道，這些襯衫卻潔淨如新生的嬰兒。他還不累，他去查了山楂的資料，發現山楂這植物真是功用無窮，不但曾被用來抵禦惡魔、入藥，當分布於歐亞交界一區的紅背伯勞要儲藏食物時，便會把昆蟲穿在山楂枝幹上的突刺上。於是有肉體被穿刺填滿後又抽空，又被吃食，最後消化為無盡細小的養分與疾孽。

外面下起了大雨，但他聽不到，外面雨停了，他也沒聽到。小馬打電話來，問他家裡有沒有酒，有酒？那要記得開來喝。他問小馬，我哪裡不好？小馬說很好呀，好極了，記得開酒。他順從地喝了一點，覺得身體溫熱起來又變冷，好冷。他去客廳照看那些花，一隻隻竹編籃子盛滿嬌弱的花，瓣片嬌美但仍堪稱硬挺，連顫動都強悍，讓他回想起小金在結婚典禮時的每一個表情。

他們家長都住在西岸的純樸小鎮，所以婚禮決定辦桌，大熱天搭起紅藍交錯的塑膠棚子，底下一盤盤都是魚汁、肉汁、菜汁、油汁、滷汁……湯湯水水地在盤裡迴旋、在盤緣累積、在桌面以各種寬窄的微小河流延展、在桌緣徘徊、滴落、滴落、滴落、滴落……小金的笑也是濕潤的，不只是汗，是濕潤的。但那或許是陽光造成的錯覺，或許是黏膩的食物，又或許是每個人臉上鮮麗的神色與笑容。有幾隻麻雀從棚子下穿過，引起眾人一陣驚呼，一位女孩還因此灑出了薑絲大腸湯水，纖細的薑絲帶皮落到地上，又給另一個孩子踩去。他覺得好冷，但或許是當時的陽光太好。

要天亮了、要天亮了、再等一下就天亮了。在山楂花凍結的香氣中，他又開了一瓶酒。他在等光線，等光線從窗玻璃上的極簡素色布簾間再次侵入，等擱在架上的碗盤留下未被瀝乾的水沫，等冰箱裡的蔬果再也無法壓抑其中的菌種。他不傻，他還能在夢境邊界聽到花朵被剪下、被碎落。他還在等，等著光線入侵，等著迎來他的離婚典禮。

骸

漫長流水線上，一台台相機從屍骨長出靈肉，迴光返照。工廠是樂園，隔絕外界一切音響氣味，人類於是專心誠摯，為的就是熟習轉生之術。就連一整排近頂窗格射入的光都是被應許的逼視。一片片金屬、玻璃、塑膠薄片、環扣、與圈線帶著自己的身世前來——談身世似乎過於矯情——雖然從最原始的物料到此死了一次，但又被賦予了形式上的新生。

不同生產線上的工人帶著不同顏色鴨嘴帽：第一條，藍；第二條，紅；第三條，綠；第四條，螢光橘；第五條，黑，無論高矮胖瘦或男或女都被顏色分類抹去，只是以競賽的方式希望讓最多相機迴光返照。他們不說話，大部份時間不說話，然而要是挨近一點，偶爾還能看見他們嘴唇掀動，用最小動作與最近的人聊天。

「你中午要吃什麼，小賤貨。」麗子說。

「烏龍炒麵，賤貨。」晶姐答。

「你竟然叫我賤貨。」麗子繼續說。

「和你學的。」晶姐繼續答。

「誰准你學了。」

雙唇蠕動如蟲，有薄有厚，靈敏的肌肉以最小最精細的方式運作。賤貨。這便是運作的最終結果。

流水線的機械聲隆隆響著，遠方有規律的敲擊聲，叩叩、叩叩、叩叩……。組裝的各種聲音混合如海潮打上岸時拍擊碎裂，留下一整片白沫，無用的白沫，頂多在風景畫中蕾絲般綴在海陸交界的邊緣。

然而遠方有真正的海陸交界，一片長滿硬草的石灘，殘留的水沫是帶綠的灰，此刻飄上一艘中型漁船。漁船中有死屍，一位中年男性漁民發現了，先抽了根菸，接著通報最近的海巡署辦事處。又有一艘，對，這次有死屍，好，我懂，反正身分比對至少需要半年，不會、不會，我不會聲張。就算我去廣播，大概也不會有人感興趣。中年男性漁民大笑了，將留有最後星火的菸灰一彈飛散。他的笑聲在菸灰落地前就結束了，因為一股濕重海風襲來，沾走過於輕薄的菸灰，散在空中好一陣子。

食堂裡滿滿都是談話嗡鳴。一位年輕男子脫下紅色鴨嘴帽，露出雜亂黑短髮，其中幾束酒紅挑染油得特別厲害，發亮。那是晶姐的紅帽子夥伴。一位中年婦女脫下黑色鴨嘴帽，露出以多支堅硬髮夾固定的長髮，繞成一球包頭，彷彿芭蕾舞者；沒想到就在排隊領餐的隊伍中，她確實單手搭著一旁欄杆，用力抬了一下腿，褲管縮短時露出腳踝上的髒污護具。是了，伸展的動作有很多種，有來自往外探尋更多可能性的舞者，也有來自往外尋求正常生活功能的流水線工人。

「今天沒有烏龍炒麵，看你怎麼辦。」

「雞絲飯也不錯。」

「最近一直有大廠要來收購的消息，你說怎麼辦，我們會不會失業呀？」

「今天明明有烏龍炒麵。」

「竟然沒騙到你，小賤貨。怎麼樣，你覺得我們到底會不會失業！」

「我怎麼知道。什麼確定消息都沒有。」

麗子還是不滿意，正想繼續逼問，卻又輪到她點餐。「烏龍炒麵」，她臉上拉出明顯過度微笑，「多給一點啦。」今天給麵的剛好是位年輕小女生，夾子湯匙在她手上都嫌大，彷彿一舉起來就要害她整個人往後翻倒。小女生謹慎地夾舀三次，最後又仔細掐了兩根麵條上去，「剛剛好，」她的笑容這麼說了。麗子翻了翻白眼，這小鬼顯然沒在聽她說話。

如果有人給這一刻拍了相片，定格時間，畫面會是這樣：麗子對著遠方翻了白眼，眼瞳剛好面向食堂光源，所以眼白更顯清透；小女生喜悅又羞怯地低著頭，目光鎖住那一堆如山的烏龍炒麵，當中只有一片白菜葉在排隊人潮的縫隙中吃了一點光線；晶姐抿著嘴，就這樣，抿著嘴，嘴唇以上的部份稍微往鏡頭背面斜斜地轉了，幾乎全在暗裡，只賸一隻手緊緊捏著托盤，非常緊，彷彿一個仍等著打出去的拳頭；相片邊緣是那個年輕男子，挑染紅髮沒入鏡，但一隻腳放鬆前伸，於是讓我們看到肌肉仍稱堅實的小腿線條，以及卡其七分褲下緣與露出的鬆緊繩。鬆緊繩的末端稍微散開，突出幾絲細線，是給家裡的貓咬了。

「每個月比賽好刺激唷。」

「那才不是比賽。」

「哪裡不是？」

「流水線產量墊底是會扣薪的，那叫懲罰，不叫比賽。有獎品才算比賽。」

「誰知道？哪天可能就有獎品。晶姐你也太無趣。人要隨時抱有希望。」

「這樣呀。」

「是這樣呀。」

「就像你還對樹子抱有希望嗎？」

「靠夭呀。」

食堂裡響了三次拉長的電子鈴聲，鈴——鈴——鈴——剩十五分鐘，再過十五分鐘流水線就要運作了。

「你為什麼後來沒點烏龍麵？」

「看你點了，我突然不想吃了。」

「賤耶。」

午餐時間結束之前三分鐘，大家陸續戴起鴨舌帽，各色圓點一粒粒暈出空氣。麗子想，雖然島上工廠愈來愈少，但比起其他陸塊上的便宜勞工，島的工廠還是更仔細、更先進、更有精神才是。雖然這裡所謂的更仔細、更先進、更有精神，其實也是來自外商管理，說不定這些外商在別的陸塊也能運作出類似氣象，但麗子堅信一切仍有所不同。這可是島，是海洋四處侵挖逼近的島。

鈴——鈴——鈴——鈴——鈴——時間到了。今日此時退潮到最底。擱淺的中型漁船離海已經一段距離，露出的石灘中有小蟹爬過。船上屍體繼續腐爛，但臭氣改變並不明顯，如果只從外貌辨認，那腐爛至少還需要兩個日子醞釀。中年漁民坐在離船一段距離的地方，又點起一支菸。今天不是出海的好日子。其實已經好久都不是出海的好日子。他又找到了一艘遇難船，雖然有人，但並不使他興奮。他光看船體形狀就知不對。弟弟出海的漁船也屬中型大小，前尖後方，但眼前這艘太新潮，流線部份太滑順。從幾乎燒焦的外船體可以隱約看見一個「豐」字，但幾乎所有漁船都喜歡在名字中放一個「豐」。日日豐收，夜夜豐收，魚身鱗片甚至缺乏散落空間，全體聚集為最令人歡騰的腥臭，誰不愛呢？他曾經想過，不然自己的漁船就名為「豐腥號」，多實際，但他太太沉默地把「腥」改回「興」，夠普通，結果改完兩天，她就給一輛卡車輾死了，夠普通。害他現在把「興」改回「腥」又顯得有點不敬。好個死女人。天空突然落下一陣雨，但就是大約十秒暴雨，他沒有動。陽光透雲而出，纖細但熱，畢竟現在才正是夏轉秋，太陽還沒那麼容易被打發。

工廠內流水線又開始運作，輸送帶啟動又定格，啟動又定格，震顫又震顫。大部份工人站著，少數工人坐著，原因各自不同也不明，又或者有人偷偷坐了五分鐘再起立，純粹是個秘密。叩叩、叩叩、叩叩……令人忌妒的聲音，所有工人都側耳傾聽。叩叩、叩叩、叩叩……此時只有麗子恍神了，她有一點恨，接近暴力的恨，於是細細扭動起嘴唇。

「你明知道我不想結婚。」

「我知道。」

「那你幹嘛提樹子。分開那麼久的人了。」

「為了讓你閉嘴。」

麗子突然真正地無言以對。讓她閉嘴？確實，晶姐這麼做的效果極佳，這也不是她第一次這麼做。總有偶爾幾次，晶姐不耐煩了，就拿樹子來堵她，她也確實停止了話。然而問題是，為什麼這件事能讓她閉嘴？為什麼她必須不停向晶姐證明自己以作為辯詞？她跟樹子的故事無聊至極：學生時代開始交往，小鎮內情誼長，一晃眼就是十年，然後樹子想結婚，找了長輩來談，她家長輩也沒意見，但自己突然感覺抗拒，一切中止，樹子去外地工作，從此大家當作沒這十年感情。

麗子負責裝置快門葉片的光圈組，首先必須對齊電路板，接下來得鎖緊四顆大螺絲和一顆小螺絲，還要再將一格細長墊片固定在凹槽裡。她知道自己有些什麼話語可以用來反擊晶姐，但既然已經先思考過了，她就知道自己不會說了。除非哪一天她真的失去理智，或許才會衝口而出。是的，除非她失去理智。突然她感受到右膝不適，於是稍微彎曲了雙腳又伸直，才發現自己忘了套上護膝。該死，她必須提早用掉自己下午的十五分鐘。麗子按下桌底早已按滿指印的小黑鈕，流水線上方一個紅色小燈亮起，麗子於是開始等，等了兩分鐘，小燈轉綠，她於是放下手中工作，轉身走回衣帽間。

衣帽間裡有一整排鐵櫃，上下對開，兩人共用一條細瘦鐵櫃，如同蝸居於一棟過窄的城市高樓。麗子住的鎮上沒有高樓，最高的鎮公所也只有五層，但已足以俯瞰整座城鎮與海洋。她和晶姐在流水線的位置相鄰，兩人於是共用鐵櫃，彷彿學生時代外宿，那種因為住在上下鋪而必須親愛的姊妹，又因為生活習慣不同得彼此憎恨的姊妹。晶姐的櫃子在下方，底部滿是粗黑鞋印。她用力拉開自己鐵櫃，取出藍色護膝，當時特地挑了與帽子同色，只是上面多了自己手縫的五瓣花。九朵花總共四十五瓣面，幾乎都因為她的不同外褲沾滿了不同色澤，許多地方還有灰汙的漸層。她用力甩上櫃面，氣自己因為疏忽而提早用掉珍貴休息時間，結果一使力，竟然輕鬆震開晶姐鐵櫃門。

她在關起前偷看了一眼，有張相片黏貼在深處。她期待過這個時刻，但裡頭只有一張風景相片：廣大海面凍結著高低起伏的冰，彷彿靜止的浪。

在石灘雨點早已蒸發完畢的海邊，海巡署派了五個人來，另外還有一輛巨大的拖板車。六個人在現場呆站了一陣子，面著海風抽菸，其中一位年輕的海巡署人員厭惡菸味，於是一沒注意就已站得老遠。終於警車和吊車一起抵達，大家拍照的拍照，採證的採證，鎮上警察局長還帶了檳榔請大家，大家都接了，不過也有人接了隨手扔進浪裡。一輛救護車來把屍體運走，中年漁民遠遠看了一眼，那半毀臉容已被覆蓋。其他人綁鋼索的綁鋼索，撿殘骸的撿殘骸，其中一人在殘骸中撿到一段燻乾魚肉，似乎是魚體中段加尾部，有一隻手臂那麼長。大家想了想，最後還是決定扔在原處。海浪在遠方沙沙作響。中年漁民想到自己的鄰居到印度海捕魚，已經出發十二天了。不知道印度海的海相是否平穩？

麗子在休息間呆坐，眼神望著黝黑鐵櫃當中的相片，雖然幾乎沒有光線，一片白淨畫面在鐵櫃中仍非常顯眼，只是突出冰層的線條邊緣稍顯模糊。十五分鐘到了，「麗子」，更衣室的音響出現了女主管喊她的聲音，只有名字，沒有多餘話語，畢竟有時休息的人多，主管可能每隔十幾秒就得喊一個人的名字，哪有時間應付多餘。

「才剛吃完飯，怎麼跑去休息？」

「你管我。」

女主管走過她們身邊，多看了麗子一眼，麗子也回頭對她笑。回頭時對著晶姐翻了個白眼。晶姐應該以為她是為了女主管不快，但不只如此，她也為了晶姐不快，只是晶姐不用明白。外面天光稍微變暗了，或許是飄來雨雲，廠內於是瞬間調亮了燈管。有些外商就是這樣神經質，深怕光線改變壞了工人的生產速率，但又捨不得把窗戶遮蓋。她就問過女主管，為什麼不遮起來算了，女主管說，要是沒有窗戶，好像顯得廠方虐待工人，連自然光也不願意施捨，所以當初幾經辯論後才決定把窗戶設高一些，有光，理論上也有景致，但不易被工人取得。麗子聽完，腦袋覺得有些打結。女主管非常和善，比起前一任男主管和善多了，但人很冷淡，話說完就完了。她也不兇，但麗子每次跟她說完話都覺得必須趕快回去生產線邊，呆愣著也好。女主管的表情像一個永恆的警告。

「你的鐵櫃被人開了。」

「什麼意思？」

「我也不知道，反正你的鐵櫃門剛是開的，我幫你關上了。」

「噢，謝謝。」

「櫃子裡有張相片，好像是海。」

「啊。」

「哪裡的海？」

「不重要吧。」

她忍不住想，說不定晶姐是殺人凶手，畢竟殺人凶手才會這麼冷淡。她沒真正見過殺人凶手，但每次見到新聞裡的殺人凶手，即便只是被抓進警察局前的驚鴻一瞥，偶爾連凶手的頭都因為蓋了衣物而沒看到，她總是堅信：那不只是張沒表情的臉，根本就是張冷淡的臉。冷淡的人才能殺人。冷淡的人才不在乎別人死。雖然她也聽一位警察朋友說過，一次進了警局，他們猛然拉開罩在凶手頭上的外套，卻抓到凶手正在皺緊鼻子做鬼臉。不過那所謂的凶手最後沒有判刑定讞，所以更是堅定了麗子信念。你看嘛，所以他不是凶手，不過晶姐當時便問了，沒被判刑又不代表無罪，麗了聽了很不開心。為什麼要破壞她的信念？

「你這個殺人凶手。」

「什麼？」

「沒事。小賤貨。」

「我一直想問，賤貨就賤貨，為什麼要叫我小賤貨。」

「你管我。小賤貨。」

「我年紀比你大。」晶姐洩出一絲笑。

「小賤貨。」

吊車把外殼焦黑的船體吊上半空，灑下一些碎漆，船體損毀狀況不明，平衡點難抓，他們試了幾次才成功吊起。反覆中有人從附近的飲料店叫了巨型塑料杯裝的紅茶，甜膩甜膩，大家幾口就灌完，但也有其中一位穿著海巡署背心的中年男子小口小口地吸，好慢，吸管都給牙齒壓皺了。雲後的太陽是一片光暈，此刻已經幾乎降到海平面。在蒙著薄霧的海面劃出一道淺金色裂痕，水波則不停將其反覆摺皺。船體終於吊上拖板車，放下，但放下瞬間震動，於是船頭裂下一根木柱子，尖端還猛力撞上駕駛座背板。木柱子早已腐蝕剝裂，看不出是船體何處，於是那位害怕菸味的年輕海巡隊員隨便找了根痲繩將木柱跟船體綁在一起，好盡量保存船隻完整證據。中年漁民跟著上了拖板車，說是要幫忙，大家也沒什麼意見，於是把裝了塑料空杯及殘餘紅茶的大袋子交給他，要他找機會丟了。

叩叩、叩叩……停了。所有工人微微抬頭，換誰了？這項工作理論上是輪班制，但女主管對於班表刻意管得鬆散，有時假意弄丟班表，有時假裝看不清自己筆跡，又有時假意忘了登記，直接換一張空白的重來，所以大家心知肚明，一切憑的都是女主管心情。之前那位男主管知道大家渴望這項工作，偶爾也會利用這項工作交換些好處，但他的情緒起伏明顯，又愛嬌小女孩，所以大家的喜樂與怨恨都有跡可循。然而女主管上任三個月，大家還是看不出她的喜好，於是廠中氣氛遲疑且曖昧，幾位年輕俊俏的男孩蠢蠢欲動，荷爾蒙到處噴發，撩起了各種迷魅氛圍，幾乎可稱平和親愛，她想，除了叩叩停止的此刻。

「晶姐，換你了。」女主管平板嗓音傳來。

麗子在晶姐背後沉默地做著嘴形：「小賤貨。」晶姐在背後對她比一根小指。那是晶姐辱罵的方式。

這項工作迷人的地方有兩點：一、可以坐著；二、可以敲。如果不在工廠工作過，大概無法想像這兩項特點加起來多讓人愉悅。根據外商工作規定，這項工作之所以要求員工以坐姿執行，主要是因為經過實驗證明，坐著產生的敲擊程度最適當，也較能在反覆敲擊後維持同等力道。晶姐坐下，起身離開的年輕男子遺憾又怨懟，腰都彎得沉了。她開始敲。

天色微微暗了，海邊大家動作快了起來，帶點焦躁。船隻放在拖板船上很高，沿路很可能勾上電線，所以得在天色全黑前完成，不然一個災難又要引發其他災難。吊車小心跟在拖板車旁，猜拳輸了的海巡隊員站在吊車頂，雙手戴著塑料手套，沿途遇上電線就大聲警告，如果避不開，他就得用手把電線拉起，確保不會被船的任何部位勾上。這船不用拖去修船廠，這是好事，因為前往修船廠上的路會穿過城鎮中心，到時候要避開的電線就更多了。如果是要去海巡署，只會稍微穿過城鎮邊緣，只要越過了這區，之後的路幾乎就毫無阻礙。

到了城鎮最邊緣，海巡署感謝吊車與警方的幫忙，當然也和中年漁民道別。他欲言又止，一位和他認識的海巡隊員於是說了，別擔心，要是真的查出什麼，會告訴你。拖板車在暮色中載著巨大的船骸離開了，其實那不算艘大船，尤其在海上航行時更是小得可憐，然而一旦到了陸地上，看起來卻如此笨拙龐大，總是讓陸上的行人不知所措。

中年漁民拒絕了其他人載他回家的提議，說自己住處不遠，想自己走走。夜色開始從海的邊緣蔓延而來，他覺得安心，側身沿著近海的水泥快速道路往回走。偶爾有幾輛車經過他身邊，速度翻起了風，吹得他手中的塑料空杯在袋中咯啦咯啦作響，一個個皺摺又彎曲。他想到自己弟媳的臉，七年時間過去了，不能再領取失蹤補助的那天，弟媳和他一起去吃了熱燙燙一鍋薑母鴨，另外加點了無數鴨腸、鴨胇與鴨心，吃到最後全身上火。他看著弟媳，感覺下腹一股火在燒，但那股火和弟媳沒有關係。她又加點了一玻璃瓶米酒，用牙咬著撬開，竟因此撬裂了一顆牙，血絲絲地從齦肉內滲出來。她一邊滲血一邊看他，眼裡也有火，但與他無關，最後只是猛力灌了一口啤酒。他也猛力灌了一口，嗆得猛咳。吃完薑母鴨，兩人走出攤子，風一吹，全身都冷了。

第二天他們去聽法庭宣判死亡，又過一週，他弟媳牙疼得厲害，不得不去重做一顆假牙，最新的潔白陶瓷，和所有其他牙色怎麼都不同，還花掉剩下死亡賠償的好大一部份。之後他幾乎再沒見過她。

麗子又裝完一個快門葉片的光圈組，順道檢查了上一個人裝的十一顆螺絲。沒有漏，又沒有漏。她簡直要憤怒了，漏一顆也好呀。不然簡直太無趣了。為了轉移注意力，她強迫自己將思緒拉回晶姐身上，想起晶姐只有一次主動提了。那次難得是她主動開啟話題。

「聽過離岸流嗎？」

「什麼東西？」

「就是一整段灰白浪花，中間要是有個缺口，代表海水往外流去的離岸流。游泳時要是被捲進去，幾乎無法脫身，很容易溺死。」

「講什麼呀，這個，神經病。」

「我老公跟我講的。」

「……不是失蹤了嗎？」

「又不是一跟我結完婚就失蹤了。」

「……為什麼要講這個，賤耶。」

「結過婚了不起呀。」

晶姐臉上浮現曖昧笑容，麗子竟然看不明白。

樹子不愛抽菸，連酒也喝得少。只偶爾咬咬檳榔。這種品行在小鎮裡不常見。他書念不起來，但畢業後願意幫忙家裡魚塭，誰也無從抱怨。他對麗子的所有要求都說好，從學生時代便騎一台家裡多出的老式偉士牌載她上下課，載她去鎮上唯一一間體面的電影院與服飾店。如果麗子開口，他還會掏錢買單。麗子上班後就載她來回工廠。當然，要他主動做些什麼有點難，可只要吩咐，樹子都會去做。樹子唯一放在心上的執念只有芭樂與烏魚子。芭樂沒有季節之分，只要攤上有就買，整顆啃得咂咂作響，只偶爾把過硬的芭樂心扔進路邊魚塭。過硬的芭樂心似乎是他人生中唯一無法忍受。至於烏魚子，便是過年儀式，他會買一整瓶高粱，隨意倒入一只翻倒鍋蓋後點燃，用烤肉夾刮起烏魚子切片燒烤，火光忽大忽小，星星點點散落魚塭旁的雜草，卻從未再點燃起什麼。冷風間歇穿過，他還是穿一條短褲，露出堅硬小腿及美麗肌肉弧線。

叩叩、叩叩、叩叩、叩叩、叩叩……相機是這樣，許多細微零件拼湊，是工廠樂園中的迷你樂園，螺絲扣上螺絲，玻璃覆上膠板，葉片層層拼貼，按鈕連接著啟動線，電路板、電極正負板、硬碟、ＬＣＤ排線、反光板支架、對焦屏、閃光燈擴散板、感光元件、感光元件低通波濾鏡、螺絲、螺絲、螺絲……所以必須有人敲，以幾乎要敲散這迷你樂園的氣勢，好看看有什麼部位可能在內裡崩落。一個又一個工人坐在這裡，敲兩下，然後聽，聽有沒有小東西在內部掉落的聲音，要是掉落了，代表迷你樂園崩毀，光線無法順利穿過鏡頭轉換成訊號，或者即便轉換成訊號也無法形成畫面，又或者只形成令人無法理解的畫面。

那是工作五年後的事了。她聽說樹子去了別的地方做魚塭。那是填海造出來的新陸地。是政府德政。她聽了心裡微微發酸。這裡的魚塭主要是烏魚與草蝦，她見了一輩子的烏魚與草蝦，但那裡主要是黑鯛與鱸魚。她也想見見那種總是黑鯛與鱸魚的日子，說不定還因此願意為誰熬鍋鱸魚湯。可是不是為樹子。可是她又只有樹子。她一直不知道樹子離開是不是覺得丟臉。太多人後來都離開了。

她突然離開工作崗位，直直衝向正在敲相機的晶姐。她舉起相機，敲她的頭，為的就是從晶姐臉上看到應有的憤怒與挫敗。她還可以繼續敲，但得先開口。

「剛有消息傳來，你老公的船找到了。」

中年漁民回到家門口，覺得哪裡不對勁，四周看了看，抬頭，才發現門口街燈壞了燈泡，少了那照耀鎖孔的一道死白光線。他用鑰匙胡亂試了幾次，終於找到鎖孔，開門，走進那片陰暗狹窄。房屋雖然不寬敞，但還是隔了三個空間，其中一片是原本的水泥牆，另一片是前屋主自行搭建的木板牆。水泥牆是為了隔開廚房的空間，他自己則讓木板牆隔開了睡房與身兼客廳的雜物房；為了讓雜物不要太髒亂惱人，他還在雜物前方掛了塊藍色塑膠布，稍微隔開雜物與客廳空間。至於客廳其實就是一張桌子、兩張木頭椅子、一架前屋主留下的電視櫃與電視機。如果在家吃飯，客廳也就是飯廳，飯廳也就是客廳；如果把藍色塑膠布掀開，再把雜物拖出來分類、整理或修理，那麼客廳擺設便成為雜物間的娛樂。是的，他總想像可以向誰解釋：我有時就這樣坐在木椅上，自行粗糙地修補一隻燒壞的鋁鍋，其實不修也無所謂，但現在幾乎無法出海，漁獲少，氣候惡劣，許多先進技術太複雜，所以寧願花時間修補手邊雜物；有時候補得好，就送給鄰居，或者就在家裡多留一具完足用品。好一個死而復生。

他按開客廳燈泡，從電視櫃裡抽出本子，裡頭塑膠活頁夾滿是一張張列印出來的單薄紙張，有白有黃。印表機似乎不夠力，印出影像出現一條條濃淡不一的粗糙油墨，許多墨點滑曳著就斷了。他單手在胸口前撈了撈，空的，才想起自己不戴眼鏡了。真怪，幾位還沒死在海上的朋友都說，哪有人像你，常出海時成天看海，卻在二十歲出頭莫名患了近視，後來不出海，近視竟緩慢痊癒，還逐漸有遠視傾向。他還不滿五十，眼鏡行老闆說應該不是老花，但誰知道？或許只要心夠老，總也會出現類似傾向。他又開始翻看紙上粗糙相片，自從知道有個網站專門給這些船骸建檔，他便定期去公所拜託工讀生替他列印相片，一張張收著。他知道這些都不是弟弟的船，但他喜歡看，喜歡把它們收拾起來，像是得到一份份細心妥貼的禮物。工讀生來來去去，每個每個都像來送他禮物的好心人。

整條流水線停擺了，刺耳警告規律響起，大家開始瞧向麗子，她卻毫無反應。她還在想像自己氣勢驚人地前去與晶姐對質，去逼問她為何老是挑釁自己。她更想像自己繼續騙她。騙她找到了那艘屬於丈夫的船。她不相信晶姐會歡欣鼓舞。她不相信晶姐願意見到丈夫歸來。晶姐太平穩、太滿足。她強健穩固的手規律敲擊相機，一台又一台，但不期待那是一台好相機，也不期待那是一台壞相機。麗子相信那是一種絕對的冷淡。她又想起樹子，想起他美麗的小腿肌肉泡在魚塭淺水處，那麼沉默。幾人聯手把她拖進休息室，空下位置立即補上一名備用工。晶姐抬眼，雙手卻還是繼續敲。那眼神裡是白花花的浪，隨時能把人帶到極限遠方。

……

下個月、再下個月以及再下個月，麗子的流水線都墊底。那是戴著藍帽子的流水線。那是士氣低落的藍帽子流水線。走路有光的則是黑帽子流水線，他們挺直背脊，走起路來特別高壯。連續的勝利讓他們喜歡聚集，甚至開始熱烈討論外商收購與否的利弊分析，他們形成　股氣流，無論說話或安靜，都因為氣流加持而眼神燦亮，就連是否被叫上前敲擊相機，感覺都是次等煩惱。

晶姐和麗子找了一天出門，到鎮上一間帶有城市風情的海鮮餐廳吃飯，裡頭幾乎全是西式風格，一整片落地玻璃窗外卻圍著水泥造景池養了十多隻紅鶴。「為什麼是紅鶴？」麗子幾乎要開始抱怨。「不知道。看起來漂亮吧。」晶姐裝作沒注意那幾乎要開始的抱怨。一隻紅鶴頭頂禿一塊，細細腿腳卻還是有力踩踏，不確定是否害病，不確定是否應該引發憐愛。

餐廳是晶姐找的，錢是麗子付的。晶姐點蛤蜊燉飯，蘑菇太生，起司太斑駁，麗子點檸檬鮭魚義大利麵，檸檬味死酸且極油，她沒有批評。兩人聊了餐廳裝潢、聊了碗盤、聊了紅鶴、聊了動物園。她們都沒去過動物園。曾有一次畢業旅行，麗子有機會去隔壁縣市的大型野生動物園區，光這一次大概就可抵過五座小型動物園，卻恰巧生了怪病，全身發熱。她家人又崇尚節儉美德，沒有旅行習慣，一切沒了後續。晶姐也只應說自己也沒去過動物園，話語沒再帶過什麼。走出餐廳前，麗子替她開了門，晶姐逕直走出去，似乎有多看麗子一眼。

她們往外走，走的是往海去的一條陰暗寬闊的道路。路燈離得太遠，卻也沒有靠近的理由。她們不停穿梭地上明滅，沒在意這是個缺乏星星的夜晚。雲可以擋住的太多了。

「其實我不介意你罵我小賤貨。」晶姐說。麗子笑了，聲音短促而乾，幾乎要裂開，大概如同柏油路隙間的冬草一般粗硬。這幾週東北風仍然吹，雲朵以肉眼無法見到的方式移動，雨卻始終沒有落下。

接近海的時候，她們遇見了中年漁民的背影，他坐在接近石灘的隆起土堆上抽菸，明滅彷彿遙遠的船燈。晶姐腳步沒有遲疑，繼續往前，穿過一陣尚未消散的煙，麗子則繼續懷抱著她的不明白與忍耐，彷彿孕育一個連她自己也不明白的未來。海的聲音大了，突然之間充滿空氣。中年漁民看見晶姐越過她，終於只來得及看見背影。

那些防風的樹木早已被越過了。晶姐突然停下腳步，麗子只好站定。不過這次，麗子忍不住翻了個白眼。

中年漁民開口，「前陣子有艘船漂來。不是認識的船。今天剛拆完。」海風吹來。「該回收的都回收了。木頭、金屬。你也知道，回收最多的就是金屬。」晶姐點點頭。「該回收的確實得回收。」

像老婦一般，麗子緊張地搓搓手，然後確實意識到自己此刻的多餘，心口立刻一陣空。如果樹子還在，她會要求樹子載她去電影院，立刻看一部喜劇電影，然後她會記住每一次滑稽場景出現的定格畫面，彷彿一旁的樹子會替她收藏起來，這樣即便之後遺忘，也不怕無人提醒。不過晶姐不行，晶姐太擅長遺忘。

中年漁民繼續說，「工廠還好嗎？」「還好。」「島上工廠不多了。」「是呀。」「會擔心嗎？」「擔心什麼？」麗子好像應該停止這種習慣，這種在腦中演練各種畫面的妄想，上次便是這樣，才讓藍帽子流水線低迷至今，也讓她在晶姐面前莫名矮了一截，不過她無法克制。她繼續想像樹子的體貼，在那片填出來的陸地上，他會繼續找到這麼一位女子吧。他會從塭寮的低矮屋頂下走出，曬開他平直溫正的臉龐，回應前來女子的所有需求。

「擔心沒工作？」「你才擔心太多了吧。」晶姐笑了，麗子想像她在背後翹起一根小指。那是晶姐辱罵的方式。

「都拆光了嗎？」晶姐總算自己開口問。「都拆光了。」中年漁民語氣帶笑。一種滿足。

如果有月光，應該會有一條奶蜜之河由海平線一路灑來。麗子一邊妄想，一邊湧起衝動，想去拉晶子的手，一同走向那條想像之河，但她沒動。明天還是會有人敲相機，好久沒輪到她了。叩叩、叩叩，明天或許終於又要輪到她。

再下一根菸的時間裡，中年漁民則想，他這弟媳口中有顆陶瓷假牙，用的錢是與他均分的弟弟的死亡賠償。弟弟或許永遠不會回來了，但無妨，那顆假牙只有他明白，在那座陰暗濕潤的口腔裡，永遠永遠，只有他能明白。想到這裡，他便知道，自己可以再一次回家，繼續安靜等待下一次出海。

然後再過五個半小時，在他們都離開岸邊後，天還暗夜，浪花灰白，來的是當天第一次滿潮。

要是有人給這一刻拍張相片，那就好了。

染

禮物

慾望的重量壓下來時，他可以感覺到：夢向他睜開一隻眼，卻還藏著另外一隻。腦中浮現未來孩子面容，一張、兩張、三張……各種可能，不完全快樂，但擁有一種柔軟。他常想把這些面容速寫下來，就用鉛筆，淡灰線條，然唯一嘗試的一次，卻只畫出一批醜陋五官，接近汙漬，幾乎像霉。家中長久未清的流理台有同樣紋路，彷彿父母留下的普普藝術。

速寫慾望是源自那位女孩吧。是在國中隔壁教室，她幾乎不願轉身的面容背往陽光，身子彎彎，用手在紙面塗鴉各式靈動生物。啊，她幾乎不抹去重來，只在細小錯誤滋生時迅速以筆掩蓋。沒錯，是她，她懂一種正確姿態。

他也因此懂了，並學會戀愛。戀愛日子順遂，校舍外只有無聲與無憂笑鬧更迭。他記得那種正確姿態。每當返家途中，即將抵達公車站牌前，他也總能精準數算口袋中除了車資外所有零錢，只為框數自己慾望。後來在工地，他也感受過類似時刻：一位工人恍惚間將菸蒂扔入水泥液態之漿，那火花便被強硬地、過度當一回事地、幾乎無人真正得以目睹的狀況下熄滅，接著便是連續八小時灌漿；等他再次回到現場，眼前只餘平坦地基，周遭車流像是從未消失過地襲來，他卻仍無法忘懷那枚菸蒂。畢竟如果眼見為憑，在這鋼條與水泥結成的龐大塊狀物內裡，它還燒著。

不過與那位女孩重逢，卻是在另一處工地，當然，此時女孩已可稱作少婦，不過身形微胖卻仍有彎腰空間，足以在腹部形成凹陷風洞。她來送建案許可文件，一份極不重要的工作。兩人眼神對上時，她禮貌微笑。他知道她沒認出他。

這段從女孩變為少婦的年歲，他知道隱隱有什麼在壞毀。不只是體態、夢想，或看待自己的方式。這些都太煽情。她壞毀的是一種時常出現的瞬間眼神，那眼神原本能幫助她確實捕捉事物外觀，描繪下來，過程中緊抓所有特徵，並總能在迷航時找到原路。一種本能，幾乎是神的導航儀。

如果還有那種眼神，她一見他的五官便會憶起過往。然而她只是將那紙普通至極的文件遞給交辦人員。這處工地位於城市鬧區十字路口，周遭多是衣著亮麗的公司職員或軟香貴婦。行走其間，她勢必差了一點足以安穩揚帆的角度，要是城市再喧囂些，她便會被突如其來的陣風捲走，棲息在某位工人髒汙鞋邊。

他穿著工頭制服走近她。

「之前都是小吳來送件。他怎麼了？」「不清楚，我只是約聘人員，臨時被叫來送件。」「這樣。」「剛剛差點迷路。」她笑了，像一種延遲已久的邀請。「在這麼熱鬧的地方迷路？」「我不習慣熱鬧。」

是呀，你從以前就習慣獨處，將自己如地衣隱蔽於牆面，濕季時勃發，乾季時灰敗但未死。國中時兩人班級緊貼彼此，他卻只能於課間隔窗偷窺，看她彎身在桌面速寫周遭人事物，幾次想趨前攀談，都被寂靜阻擋，像一只順流而下卻在岩邊旋繞的紙船。偷看了三月餘，父親經營的印刷廠破產，全家被迫脫產流轉於其他縣市。就在壞消息尚未傳來之前，他還不知道那是自己最後一次待在這間學校，女孩卻在他不知第幾次徘徊於窗前開口招呼，「其實，」她認真看了他的五官，「我一直覺得你像一位老演員，我媽喜歡的西洋老演員，但一時想不起名字。」

「熱鬧有什麼不好？」「物價太貴了。」「物價太貴？」「是呀，物價很貴，不覺得嗎？剛剛來之前，在附近水餃店吃了一頓，一顆要十二元。」「一顆要十二元。」「一顆要十二元。」她有點過度地強調了一次。「不覺得誇張？」

「不覺得嗎？」她又追問了一次。他點點頭。

一如往常，他腦中浮現了孩子們的面容。那些孩子沒有變胖、沒有變老，還是溫軟馨香。他想擁抱他們，想把他們擁抱到幾乎碎掉那樣。如果可以，他還想餵他們吃水餃，無論一顆是不是十二元。他們會像小獸一樣細細咀嚼，絞碎所有皮與內餡，還會咬破那些因為化學物質而彈牙的蝦仁。是呀，他也清楚一顆十二元的水餃代表什麼意思，裡面勢必有海鮮，儘管泡在化學藥劑內的時間遠比海水漫長。

「我沒來過工地。」她繼續說，態度異常熱烈。「工地好神秘。我處理過許多工地文件、訂單，當然也看過一些設計圖，不過一直沒來過現場。工地感覺……好赤裸。」「赤裸？」「對，赤裸。」她眼神熱烈探索那些高聳的鋼筋結構，一位工人正沿著架高的金屬步道由左走向右，肌膚因為傍晚的秋日寒風聳起了細微疙瘩。

「赤裸。」她又重複了一次，輕笑唇角有過度紋路。彼時他們還不知道，這個城市的各處工地已開始陸續塌陷。

……

如果試圖用眼神判斷一個人，展開的便是無止盡的碎語：那眼波流轉一次次都是曲折歧途。他知道自己太過於厭倦眼前身體，以致於過度投入她的眼神。他稱其為C的眼神。噢，他稱她為C。C的歡愛非常賣力，淫聲浪語，姿勢極為古怪，連陰道肌肉如何緊縮使用都有自己一套節奏。那麼熟練，那麼多慾望。不過平日的C不說話，只任由身形微胖的少婦說話。少婦不說話不行。他懂。畢竟少婦眨眼間就是一次難以追討的遺失，不說不行。不過在沒有眨眼的時候，那眼神都是C的眼神，都是歡愛眼神。

他們大約一週見一次面，幾乎是有文件必須送來工地之時。然後他們一同進食，在繁華黃金地段一次次挑戰高價飲食的極限。飲茶？精緻生機飲食？義大利料理？法國料理？一桌吃不完還得打包五份的江浙菜館？不對、不對。這些都沒有真正超出他們能力範圍。他們想要找到兩人真正吃不起的食物。工地還在菁華地段路口角落持續升高骨架，四周巷弄大規模搭起防護行人安全的遮棚，而所有為了工作奔忙的人群便細小地在其間攢動，而他們是其中最飽滿熾熱的兩枚光點。他們避開最熱鬧的午間休息，往往夕照幾乎消失前才出發。人群此時多半意欲返家，他們逆著一切奔忙，划動最不受海流支援的槳。

或許因為逆行，疲倦也總輕易棲身斂翅，駐進人身而為人的薄薄內裡。他們歡愛震顫之細瑣有如身上布滿鱗與鰭。碎光散落一地。高級旅館窗面明亮潔淨，白色床單無毒無菌，於是城市輕易流滿整座空間。霓虹微弱，噪音輕微，嘆息與杯盤敲擊聲響一瞬就被隱沒，但仍流滿空間。他與C，他與少婦，他們有各自呻吟，堪稱禮貌而不至於彼此打擾。他看得見C，聽得見C，但也完全明白少婦存在。只是C眼神太迷人，疲倦時提供迷惑理由。她的眼神則把他身體包裹捲起，彷彿一切還有形狀，於是他便得以如同疲倦棲身於此刻，暫時不供應任何解答。

……

他想起來了，在上一處工地，他也見過她。

工地裡的女人總是特別顯眼：她們柔弱異常，接近罪惡，而罪惡總是召喚關注。

不過當然，回憶湧現需要時機。那是一個充滿陽光的下午，城市異常柔軟，空氣幾乎香甜。他搭乘捷運要去還錢。這五年來他的生活開支在多人間流動，但也平衡舒坦。為了做一位正直之人，他總是與人約在城市北端的河畔咖啡屋取錢還款，大河展開身形入海，幾乎為他鋪排一場場浪漫邀約。他會挑選有整片落地窗的店面，以向海的河為背景，以遠方見證自己的誠實。「這次先還三分之一，說好的。」「先讓我點一點。」「沒一次少過。」「我知道。」「要不要吃布朗尼，聽說這家有名？」「我不吃甜的。」「說的也是。」「劉子放棄創業了。」「怎麼會？投機生意不是混得挺好？」「她老公要她照顧洗腎的公公。」「這樣。」「就是這樣。」「這樣。」「錢剛剛好。」「就說啦。」「下次是何時還款？」「兩個月。」「你收入真的那樣差？」他聳聳肩。這不是值得回答的問題。他昨天與另一位學生時代的友人借了錢，明天就要購入一組高級家庭劇院音響。他讀過這麼多學校，每間學校總能留下一、兩位願意借他錢的朋友。他們總是問得不多，鈔票也足夠，日子猶有餘裕，總能割出不痛不癢的份量。

比如這位朋友兒時遲鈍寡言，後來卻當了獸醫師，混得極好，專治主人富裕的帶毛寵物，寵物狗寵物貓寵物兔寵物鼠在他院裡嗚嗚咽咽，又死又生，他便收入大量鈔票。於是這個午後，獸醫用他的神妙手指點完還款，還替他付了咖啡錢。

這午後和所有曾經賣書的午後相似。為了躲債，父母拎他輾轉於一棟棟老舊公寓，將鏽斑滿布的紅或銀色金屬門一扇扇拉開再闔起。它們有些薄脆簡直易碎，有些剛強足以在樓梯間滋長出漫長泛音。父母為了盡責搜刮了許多二手書籍堆放，形成迷你山城圍繞他細小的床。書籍封面大多印了字體圓潤的「適合青少年」。他翻看時總是捏死許多蠹蟲。太無趣。他一本本拿去彼時每間學校街角都還隱匿存在的二手書店變賣，換取老闆一次不慍不火的微笑與十元、二十元的自由。幾乎每位老闆都是男性。一次某位老闆話多，與他聊起最新女友，「賣服飾，就在下個街角，盡批些便宜且縫工粗劣的破布。但身材辣。」

老闆收起那本「適合青少年」，吩咐工讀生取紙巾清潔。陽光落下，他把掌心內溫熱銅板一枚枚落入口袋。

當時父親仍未逃亡，偶爾半夜微醺，還拎幾本書冊到他房內誦唸，朦朧朦朧地唸，「孤立的樹，涸乾的河川，地平線，太陽在你頭上照耀。高速公路在無影的熱煙中消失。穿過峽谷就是通往拉斯維加斯的賭城。日本教授在空中比劃了一個手勢，他再也不打算穿過那個峽谷了*。」

是的，回憶湧現需要時機，於是在這般午後，他身上繫著吐光鈔票的乾癟腰包，緩步進入捷運光潔車廂。車道摩擦產生動力，廣播機械音正將話語平等傾倒於眾人，然後叮鈴鈴鈴鈴，人們早已明白這催促。一台車換過一台車的同樣軌跡。他見到一位工人坐落在車廂末端角落，自然如同一株從膠製地板生出的植物，雙腳大剌剌岔向想必是東與南的方向，螢光條紋背心外被覆了一層乾燥泥土之殼。

沒錯，那時總在午夜工寮背後同工人幽會的那個女人，暗夜中看似中年婦女，但如果仔細回憶臉部特徵，其實，根本就是C。

……

他記得那名工人，沉默，老實，年過四十，有太太但沒小孩。每次上工前都先把工寮桌子抹乾淨。大家對他採取忍受姿態。從沒人問為什麼，他也從不解釋。

真要說，抹桌子這件事沒什麼好忍受。然而一個人只要執意抹桌子到幾乎強迫症的地步，抹桌子就不只是抹桌子，對於抹桌子的煩膩也不只是煩膩。到底我們用過的桌子有多髒？大家心裡每天忍不住要問。然而他小心謹慎，不碰亂大家桌上鑰匙錢包飲料或剩一半的魷魚羹湯，難以挑剔。吶吶吶，其實不用抹桌子啦。沒關係。那位工人不多話，「沒關係」三字就能抵禦世界。他工作時也總是這樣多一個動作：明明使用鋼筋綁紮機，毋須手工紮筋，鐵絲外露早已大幅減少，但他每次紮完下工，總還拿鉗子巡一次，把幾處看似扎人之處扭轉碾平。其他工人經過，想說卻又沒得說，彷彿一口濃痰卡在喉頭。然而無論如何，他們是不帶鉗子上工的。

久了之後，其他人只談他妻子。他妻子是所有故事線頭，允許大家無限抽取。他們先想像他妻子有潔癖，以沒有孩子的全部人生訓練丈夫，至於為何沒有孩子，說法也是紛紛——女方不孕、男方不孕、女方性冷感、男方性冷感、女方性無能、男方性無能……他們在清晨與暗夜的鷹架旁敞開汗衫領口，除了汗水酸餿氣味外一併交換便利商店內最低價的啤酒，當然也交換便利商店工讀妹妹每次面對他們時不同的小動作，「這次怎麼不多買幾瓶？」「為了多幾次看你。」妹妹笑了，手指在那罐酒上擦去一抹凝結水露。多麼柔軟。可是很難說，誰知道她有沒有潔癖？會不會以後把先生訓練成抹桌子狂人？是呀真的，這女孩老了可能成為那張相片，一張在工地根本不該出現的相片。你以為自己是上班族呀？每天有個隔板間讓你擱下物品、小心裝飾，甚至擺上妻子相片？

工寮內就是幾張灰白塑膠面的鋼腳桌，隨意拼成一整條，大家圍繞桌子用一身灰泥水漬沾染它，然後它可能遇上下一批工人，然後可能流落下一處工地。這裡的桌子不屬於相片，它只屬於過多陌生的體味與油漬。

就連他這位從來記不得工人臉面的工頭都記住他與他的太太，只因他在工地喧囂中闢出一方不合時宜的靜默。於是每每見他，都忍不住探看那雙粗厚灰汙的手上是否捏了相片。他還未見過那張相片，卻已聽說無數次。他想見見那位傳說中的潔癖女人，但真要他開口索取，意願卻也不夠。

畢竟那處工地總是進度落後。他成天都在應付上級追討。模板工程結束沒？清潔手續可以隨便一些呀。灌漿呢？他聽見清潔手續的部份，一度有想與那位工人通風報信的衝動。說不定一提，他便會自告奮勇協助清潔工作。你永遠不知道潔癖的極限，是吧？

那是一處較大工地，在市郊新興地段，與現在的鬧區地段擁有不一樣的寬廣。天色總是比鬧區濛濛地亮，四周各式大小工地蔓延開來，最熱鬧的大概是幾公里外矗立的幾棟從鬧區撤退的媒體大樓。因此，如果真有遠道而來的臨時工在工寮安睡，夜間一片靜默，甚至還有僅剩溝渠水窪中的斷續蟲鳴。聲聲都是鬼魅以外的潔淨。

熱。那是熱天。盆地邊緣並未放過所有濕黏可能。他半夜回來取進度報告文件，寬廣卻在夜間邀集過多聲響。那位工人發出一般使力的悶哼，伴隨呻吟，穿插蟲鳴，絲絲薄薄摩擦的高頻音。對於一位這麼愛抹桌子的人而言，選在工寮後側的鋼筋堆旁交媾實在令人困惑。他在剛好足以見到部份肢體與表情的距離外停住，感覺濕氣一縷一縷縫入肌理，延展，再從額頭上漫出薄汗。他沒有不打擾他們而前去寮內取得文件的方法。前方幾棟高樓頂上閃爍著紅燈，比細小離散的星子燦亮，卻更懂果決閃爍。他覺得有什麼在啟航，心底一個角落被緩緩烘熱。

那處工地的工期始終落後。

……

和C在一起時，旅館房內總是暗燈。他不喜歡所有與電有關的設施。在工地時也一樣，如果可以，他總是盡量繞開電線，只因一次切割管線的火花噴上電線，帶電火花直擊他的喉頭與眼睛，害他視力模糊了好幾個月，靠著微薄保險費才撐過那段日子。C對這事沒什麼堅持，任由他關燈，有次還替他把床頭液晶顯示的時間數字用美容膠帶貼了起來。然而就這麼一次。之後誰也沒提。

在工地送文件時，大家都叫少婦美香，名字恬靜，像日本人，光是被叫喚本身似乎就隱喻了美德。不過這美香在工地樣貌活潑，時不時就要纏人，問的都是瑣碎小事，「為什麼今天特別架通風管？」「雨下多大會停工？」「腳趾板是什麼？有沒有腳掌板？」回答就是嗯嗯嗯，再把工人的回應重複兩、三次，彷彿重複到第四次才完全消化。要是有狗經過，她就刻意把狗招進來，一邊逗弄一邊向工人介紹自己老家養的迷你雪納瑞，頭腳身體比例方正，德國犬，果然來自德國這種一板一眼的國家；不過那四條腿上的毛捲膨捲膨，很有風情，果然來自歐洲。她這套論點從來不變，但他現場只聽過兩次，畢竟城市裡的野狗幾乎要被政府殺光，她只能靠寵物犬開啟話題，而寵物主人向來不愛讓狗踏進工地。

工人們不討厭美香，多少搭上幾句話，除非氣候差，艷陽或暴雨，疲憊指數達頂點，才會一致性迴避。不過唯有一次，沒有任何理由，美香纏上一位不想回話的工人，那工人愈不回話，美香講得愈歡。她甚至不需要有狗出場就談了雪納瑞，之後談了家族長輩間恆久以來的不合，甚至牽涉到地方派系與土地糾紛的利益分配，甚至不停重複那些雙方用以彼此攻擊的語言，重複一陣子後，她又談起家族趣聞，一則則早已在公車螢幕或廣播廣告重複播放過無數次的老氣笑話。「我弟弟五歲時就說，爸爸管大事，媽媽管小事，但大事或小事，是媽媽來決定。他才這麼小，就能說這種笑話，真是太好笑了。」美香的笑沒有聲音，但整個表情都在期待笑意降臨，而她的重複也是期待。「不覺得嗎？真的太好笑了。他才這麼小，怎麼會說這種話？真的太好笑了。真的。說爸爸管大事，媽媽管小事，大事小事卻是媽媽決定。可能是聽親戚講的，真的太好笑了……」

他走去停止這一切，讓美香把文件趕快送了。

當天，他帶美香略過晚餐，直接使她成為C，甚至忘了關燈，只能結束後在光燦燦的房間裡飢餓。唯有那麼一次，他期待C就像那次拿出美容膠帶一樣，主動起身去把房間所有燈都關上。雖然他也知道，關上也不等於關上，所有電力驅策的光仍能從各處入侵，甚至一則廣告就能照滿整片手機屏幕。他想起許多與黑暗有關的故事，想起夜行性動物，想起蝙蝠，想起那一陣令人痠麻的火光在眼球旁炸開，差點截斷視神經功能，然後就可能是永遠漆黑。剛被炸過的右臉龐失去正常觸覺，深處陣陣抽痛，彷彿拉扯腦髓；右側嘴舌無法發音，口水持續流落，微微滲入水泥地基。儘管眼前不是漆黑，而是帶了水波紋路的異常燦亮，他卻在那瞬間確信自己將永遠失去右眼視力。他不知道為何可以如此確信。

「我希望像蝙蝠一樣。」「什麼意思？」C坐起身，開始玩弄他丟在床間小桌上的隨身物件。「蝙蝠可以一直在晚上生活。」「不同種類的蝙蝠不一樣吧？我聽說有些蝙蝠只是避開正中午，有些蝙蝠傍晚開始活動，只有少數蝙蝠完全避開白日。我弟以前寫過跟蝙蝠有關的作業，都是我和爸爸幫忙的，所以知道不同種類的蝙蝠不一樣。弟的作業都是我和爸爸幫忙的。」沉默，他突然希望她現在立刻穿上所有衣物，坐到離他更遠之所在，或許就把背靠上窗框邊直聳的鋼條，與一節節脊柱平行。「之前新聞有報，說黑暗也是有分級的。」他努力繼續說。「有了照明設備，先是煤油，然後是電，所以黑暗愈來愈不純，愈來愈稀薄。像我們這種市中心，夜晚被稱為九級暗空，就算在郊外常見的黑暗，也只有五級而已。」美香似乎玩膩了他丟在桌上的物件，轉身撿襪子。「最黑的是一級，你知道在哪裡嗎？」「我上次少了一隻襪子？」美香抬頭，直直注視他。「我想我應該是有穿回家。我不可能少了一隻襪子還若無其事地回家。可是如果已經穿回家了，就沒道理找不到。我不是這樣的人。」接著她突然套上了那條穿越工地無數次的亞麻灰A字裙。「我不是這樣的人。像弟的作業，都是我和爸幫忙的。」

他不記得她在那間教室裡畫過任何獨眼之人，也沒有獨眼貓狗，更沒有獨眼蜥蜴或鼠輩。那些生物要是只出現一隻眼睛，想必是擺出了側面，呈現了平面空間的侷限。只等待有人伸出神妙的一隻手，探進紙內，將另一側臉面轉過來。而那時刻如同有神，將極為素淨，宛若新生。

「你想不想要禮物？」他開口。「什麼？」美香抬起頭來，眼裡思緒一片霧花，然後任由自己只套著裙子，扭轉裸裎著黃肉的上半身，在桌上由他鑰匙、零錢、房卡、手機堆高如塔的頂端，輕輕壓上旅館贈送的金色水滴狀糖果。而在此同時，他的冰涼雙腳藏在過於乾燥平整的棉被內面，彼此摩擦。

……

他住過好幾個縣市，每個縣市都有不同氣味。不過是到了號稱首都的大城，他才成為工頭，所以首都對他而言總是工地：沙塵、油漆、廉價香菸；鐵皮與鋼骨摩擦；車胎彷彿在溫熱中不停融出橡膠路徑；往下往內鑽動的堅硬器具；水管內斷續噴發的強力水柱；不停有體積巨大的卡車在倒退、在前進、在不好意思地穿入如同前往聖地依序朝拜的車流。他還記得剛搬上來，才揹著隨身家當走出火車站，煙霧蒸騰大街對面便是改建中的飯店巨獸，全新玻璃還未撕去保護膠，在灰敗天空中兀自閃出藍綠光芒。然後巨獸也老了，不停浸潤於霧色雨氣，逐漸隱蔽自己。他很久沒想起這是兩頭同樣巨獸。

他當然也是健忘的，不會依次記得哪一條路曾被挖開施工、哪一條路底下曾經掩埋了漫長水圳。不過他記得第四次搬家落腳的西部小鎮，附近有好幾條或寬或窄的溪流。那時候他高職快畢業，成績卻顯然是不行了。他還擺出準備考試的姿態，但早沒認真打算。回家路上他沿著不同溪流走回家，偶爾踩死幾隻蚱蜢、動作不夠迅捷的攀木蜥，或者就是體積足以入眼的昆蟲，順便拍死所有攀附於皮膚飲血的蚊蟲，只留星星點點血斑。春天剛結束時，偶爾會出現三兩螢火蟲。母親從一起跟會的鄰居得到情報，說里長在力推復育螢火蟲的觀光計畫，所以常有一批批民眾被帶來溪邊撿拾瓶蓋、膠袋、偽紙鈔與煙火包裝。接著又有大型廠房在附近起了，紫灰色氣體與惡臭瀰漫每一處荒田與每一條溪。不過他們母子為了躲債，剛好又搬家，所以直到現在，他仍記得那些溪流氣味、在惡臭之前的氣味：空曠、潮濕、一切不變，即便髒醜也不變，是歲月終將流盡的指引。

現在想想，那裡也是五級暗空。大量壞毀路燈幫了大忙。

那天晚上之後，他走在各式巨獸羅列的路上，鼻翼卻總因為這回憶中的氣味擴張。他的步履也在城市中畫出確切線條，割開洶湧河脈。他決定讓工頭制服留在身上更久，讓自己看到工地以外的時間更少。他想在戶頭留一點錢如同種子，幾乎可能發芽。

但就在此時，母親重新入侵他的小套房，還帶來一位女孩。那不是你會苦求老天賜給你的女孩，但擁有和他一樣的高額頭與深眼窩。討厭的是顴骨突出，暗紅嘴唇扁塌，珠子般的小眼鬼祟，成天搜刮他房內零食玩具，黏膩雙手更是沾髒了劇院音響的黑色木質鋼琴烤漆。母親仍未替消失的父親還完債，當然，但那些債已確實流入她的血液，反而讓那雙原本永遠勤苦工作的瘦乾雙手奇異地富泰起來；交疊雙手安坐時，如同在他套房內綻放一球過度裝飾的棉花糖。倒是女孩黑扁乾瘦，像是繼承了母親過往。

他還記得她們初次站在他面前的樣子。「這是誰的孩子？」「我的。」母親理直氣壯，女孩瑟縮彆扭，他以為他嚇著她了，後來才發現她始終如蟲子般突竄驚惶。「所以，媽，你見過爸了？」「沒有。」他不知道怎麼問了。「這孩子就是我的。」

母親說是來看他的。然而他多接了工作，成天在各種工地間流轉，難跟美香碰上。母親則在家裡就著簡便的電鍋與電磁爐做飯餵飽女孩。是暑假，他有一天突然意識到，原來是暑假。所以女孩得以長期待在他悶熱套房，還能拆開組合式衣帽架、以床板作畫，或用剪下指甲片黏成粗醜的動物模型……她眼睛永遠珠子般細小地滾入他房間所有角落，一切都因為暑假。

「我想要禮物。」女孩唯一主動開口就是這句。她仰頭看他，脖子鬆軟，幾乎像頭顱隨時可以往後滾去，要是時間夠長，還能如同她拆解開的碎物歇息在其他更磅礴的碎物之河畔。那對眼睛也仍然微小，彷彿細鑽頭左右各戳打一次孔洞，但尚未拴上螺絲。「我想要禮物。」

開什麼玩笑？

夜裡，母親與女孩佔據他的床，他買了張涼席墊在貼皮地板上睡，僵硬身骨無法歇息，壓迫腦子擠出夜夜惡夢。然而說是惡夢，第二日起床仔細回想，也不過是以第三人稱姿態，眼看白日生活被重新搬演一次。

一日，暴雨，雲朵地表失去邊界，他騎車從郊區返回市區公司，與眾人共同感覺自己的濕透。他想到在夏季尾聲即將消失的燕子。那些住家騎樓的燕子總是無法建立碩大的巢，成果只是半球半球的破碗狀灰泥，然而他在西部小鎮記憶的都是巨巢，灰泥大片覆於二樓以上的磁磚牆面，出口繁多，燕子如同地下鼴鼠在各孔洞穿梭進出，小燕子則只以聲音暗示，被藏得更妥貼。他想看身邊的人，但大雨模糊所有面容，融化於七月盆地濕氣的潮汐。湖泊在各處聚集：引擎蓋凹陷、雨鞋、在腿間沉落的雨衣、後車箱蓋敲痕、痠疼關節……。他早已不記得盆地的意義。所有道路如此平整，彷彿能以同樣角度通往世界。他必須努力想像盆地是一種向下凹陷的形狀，正如同他必須依靠隧道想像山的形狀。

離開公司，他沒立刻回套房，只丟下機車，腳底不停踩踏出如同鴨子戲水的撲濺。他走進一家連鎖速食，點了高熱量套餐，畢竟白胖母親似乎每夜每夜在他惡夢時膨脹，不趕上似乎不行。面對長條落地窗，他一點一點吃掉食物倒影。從漢堡開始、然後是薯條、然後是奶昔、然後是雞塊……他瞧見左前方速食店招牌人偶一身鮮豔衣著也倒映在落地窗上，手肘卻黏了口香糖膠，然後想起那位整潔的工人，如果在此工作，一定不會允許如此光景。

然後他便出現了。對面原來也有一處工地，現在正敞著鐵皮大門迎入建材車，而一旁立著正是他筆直身影。他的工程帽在雨中異常整潔光亮，繫帶穩扣於下巴中央。他想起工人妻子的相片，不知道在雨天時是否需要套上一層塑膠袋？無論做什麼決定，工人都是小心、仔細推敲過吧？包括那次鋼筋堆側的交媾？他重新回想了那次畫面，細節都模糊了，但他願意重新想像那次交媾之前的漫長決定史。

然後塌陷了。這處同處於鬧區的工地在他面前塌陷了。鋼筋歪斜折損、煙塵瀰漫，幾處冒出火花，有人嘶吼尖叫，一具具身體從工地不停向地心下陷的肚腹內逃出。那位工人卻還立在原地。建材車已有一部份歪斜陷入凹洞，而大量石棉塑膠金屬材料滾動而下，細雨中交響樂般震撼。那位工人仍立在原地。他望著，不像其他客人全數往外戰慄且興奮地狂奔，因為他堅信那位工人只會做出正確決定，然而下一刻，他卻見他轉過來，孩子般的臉不知所措，濕潤眼睛是淚是雨，倉皇虛弱。

他把剩餘熟食冷膩全數掃入垃圾箱。但面對餐盒與餐具，第一次，他決定做了分類。紙然後是塑膠。塑膠然後是紙。

……

所有學校的暑假結束後兩個月，他帶美香回家。是時候了。母親與女孩已然消失，帶走了部份衣物雜什與零錢後無音無訊，或許等待下次暑假再度光臨。不過真正造成起伏的，卻是借錢給他買音響的朋友在股市慘賠。全球金融危機，體系重整，朋友說，然後向他一次要回所有借款。他的戶頭再次歸零，卻又隨著時光重新振作。工地總是有的。一一塌陷的也仍在重建。死傷零星，對於安穩生活似乎不造成太多困擾。

美香也總是在他套房中央，坐落於一片早已屈服於體重的棉質坐墊。她的頭髮長了，幾乎披到肩胛骨以下，劉海卻是塌了，疏於照顧。這不是旅館套房，導致美香更為美香，環抱膝蓋的模樣幾乎可被描述為素雅。他注意到美香腕上又多了幾串廉價水晶手環，大約是新興趣。他不懂的興趣。不過晶亮晶亮，酒紅搭配淡黃，不像壞東西。正如同她眼球內總是晶亮亮的打量，也不像壞東西。

他現在很少想起那位工人太太的相片了。那張曾經時不時就在他腦中翻飛的相片幾乎不再具有重要性，他也無從解釋。最近天涼了，暴雨也少了。

美香用右手中指拈起地上毛髮，輕輕吹落。

美香開始談旅行，她想去各個縣市旅行。她跳躍地談到一些常見景點：雪山、大雪山、墾丁、龜山島、馬祖、萬巒……沒有邏輯，但全是他沒住過的所在，這令他驚異。他以為自己住過夠多地方，那些幾乎無水之溪、那些破屋、那些大城市中的鏽鐵皮加蓋與偶爾環繞他的翠綠平原。他以為自己和島上眾人之間已經沒有太多地理上的縫隙。她又提到家人不愛旅行，他們喜愛去住家後方的小山步道攀爬，一次一次反覆來回，如同朝拜，每次結束後再吃山腳下那家太鹹太辣的麵線。你不喜歡吃那麵線？他忍不住問。她盯著他，「我們每次結束後都吃山腳下那家太鹹太辣的麵線。」

慾望的重量壓下來時，他可以感覺到。

他決定放CD片給她聽，還挑了最能展現這架音響質地的異國人聲重唱歌謠。他知道這間小套房無法提供最好共鳴，缺乏必要的空間與牆面，但無妨。好的東西即便只有展現六十分，那也是好的六十分。

美香今天仍然穿那條亞麻灰A字裙。但今天這條A字裙讓她看來侷促、瘦小，隨時可以席捲入兩人都聽不懂的歌謠字句之間。不過還沒，她只是搖晃，隨著音樂糟糕的共鳴仍然搖晃起來。

「我想要換一間大一點的房子。」他開口。「租的。」美香盯著他，似乎在思考，也似乎沒在思考。「或者用買的。」他繼續說，咬字有點朦朧，像是喝了一點酒，犯了一點傻。「我了解房子。」他深吸一口氣。「現在，我把薪水都存在戶頭裡。」他停頓了一下。「工地很多。」

「所以很多人在畫設計圖。」美香終於想起來似的。「但我還是沒看過設計圖。」

他覺得美香看起來更瘦、更小了。

曾經有一段時間，他遺失所有其他細節，只記得自己將新買的銀鍊子遞給她。只是一條鍊子，他說，還不是什麼其他首飾。這是他唯一說得出口的話。美香笑了，戴起鍊子，沒說些什麼。那抹笑容卻有些歪折，彷彿透過水霧而來。

慾望的重量壓下來時……

後來，他是在一個打孩子的場景中想起剩下的細節。

首都邊緣有許多老舊區塊的老舊巷弄，它們不停開啟簇新店面再一同老舊。這裡住了許多中產階級，一代接一代成為中產階級，然而老舊卻又不夠老舊，還不到全面翻新的程度。於是工地小，相形隱晦，偶爾塌陷卻也不那麼惹人注目。他不喜歡這些區域，那讓負責工地的他感覺無能。他喜歡工地的磅礴，而不是此地的小心翼翼，然而要是上級派他來，他就得來。繼續面對工寮裡那一批批同樣款式的鋼腳塑膠桌。

終於有一次他離開這區域的鋼腳塑膠桌，準備回去有美香在等待的套房，便遇見了那打小孩的場景。一位失控女子正抓住女童手臂咆哮，話語毫無事件描述，幾乎就是純然的惡意與髒話血色充滿的臉龐簡直太過耀眼。她掄起手邊裝了蔬果的帆布提袋就打，毫不合理的武器，卻也成功逼得女童狂叫流淚，掙扎身體扭曲成散亂形貌，如同柏油馬路上分頭發狂滾動的青綠綠的蜜棗。他注意女童有一雙如同母親帶來的女孩的小眼。那雙小眼因為眼淚顯得更為腫脹醜陋。他感覺滿足，一種終究兌現的滿足。真醜的孩子。這麼醜的孩子就該哭。

這麼醜的孩子只配偷。這麼醜的孩子就該永恆永恆永恆的失望。

在這樣一個場景中，收下銀鍊子的美香突然浮現腦海。她伸手撈起了他扔在一旁的手機，開始檢視裡面內容，如此自然，結果找到了母親與女孩的一張自拍。那張自拍光線黯淡，兩人臉上全是過度陰影，五官莫名凹陷且深刻。「她們是誰？」「媽媽和妹妹。」「妹妹？」「同母異父的妹妹。大概是吧。」「跟你一點也不像。」「不像嗎？」

當時的美香放下手機，又用右手中指從地板拈起了一根毛髮，這次小心扔入一旁的卡通造型垃圾桶，一隻艷黃的巨型的鼠，耳朵直通天際的尖，塑膠外殼水滑油亮。那垃圾桶是哪來的？難道是母親為了討好女孩搜來的貢品？他怎麼一點也想不起來。

「無論如何，你的小孩，才會跟你最像。」美香停頓了一下，身形看起來更顯瘦小，幾乎像位少女。她愛嬌地皺眉後又歪了歪頭。「我們家裡的人都這麼說。」

在持續的哭叫聲中，夕陽正被城市邊緣吞噬，夜晚在來臨邊緣。儘管無人真正知曉，但此時此刻整座城市暫時沒有工地塌陷。他在這裡。這是一座堅強的城市。他想起了自己孩子的臉，是男是女都好，總之會擁有與他相似的兩隻眼睛，與他相似的一隻鼻子，以及與他相似的兩片嘴唇，薄的。他仔細地想了鏡中的自己，薄的。沒有誰可以再誤導他了。那方一度溫暖卻又冷卻的心底角落，這次才是真正被烘熱了。

* 引自郭松棻〈雪盲〉。

輯二

莉莉之一：Burger王

莉莉在便利商店認識了Burger王，這男人愛吃Burger又姓王，和她一樣會講菲律賓話。不過呀，和莉莉不同，Burger王是華僑第二代，外商小職員，專搞菲律賓跟泰國生意，工作還算像樣，但有國籍無戶籍，沒健保可用，所以往往一感冒就搞個傾家蕩產，亂沒尊嚴。相較起來，做看護的莉莉雖然老闆不給假，她老得諜對諜，句裡行間探聽老闆一天行蹤，然後偷，偷時間出門，偷時間溜達，偷時間去找Burger王，但要是病了，老闆比她還緊張，拎她去醫院看病。反正有健保，沒關係你盡量看，看到政府垮台都行，但你莉莉不能垮。你得每天伺候我媽媽，餵她洗她推她到公園曬太陽，一天翻她兩次身，翻到床板嘰嘎嘰嘎響，即使她早已不會說話。

莉莉每次聽這話就高興，有人這麼盡心盡力要她活著，代表她有價值。哪像Burger王，親戚死光，連政府都不care他，要是沒去上班，主管徵人範本都不知道修訂到第幾版，隨時像飼料一發，外面一長排Sandwich王、Pizza王、Onigiri王，還是Submarine王蜂擁而上，像鯉魚一樣圍著那僅有的一顆咂咂咂。他們相遇的時候，Burger王穿著卡其長背心，正用細細的手臂在便利商店的架上挑蛋堡，莉莉根本也沒注意他，是嘛，反正不過是其中一隻鯉魚嘛。莉莉剛付錢買了易付卡，眼睛直楞往窗外瞧，就怕老闆今晚酒聚不盡興，提早回來撞見她，又發現她偷辦手機，terrible。莉莉心思流轉，沒看路，撞到Burger王，情急之下用菲律賓文罵了笨蛋，tanga啊。Burger王本來有點氣，但一看她，穿著黃綠碎花交雜的細肩帶上衣，皮膚白白，眼睛大大，又講他家裡曾熟悉的話，於是第一次決定先放棄蛋堡，要來認識莉莉。

不過時間趕，莉莉只拿了Burger王的名片，又跑又躲竄回老闆家。幸好老闆不在，他媽媽照樣癱在床板上，鼾聲嘶嘶響。莉莉原本要給她翻身，後來想，急什麼，老闆回來再翻，翻響一點，像辦party，整個房子都是聲音，老闆才會滿意。莉莉坐在床板邊看名片，一面是正式的名字，一面用原子筆寫了Burger王，還草草畫了顆愛心，斜斜的，著色筆跡一點點從邊緣刺出來。哎唷，好隨便的手法，但已經多久沒人用這手法隨便她？她照慣例開始撕便利商店的發票，越撕越碎，丟進馬桶沖掉。本來要開始撕名片，但又看到「Burger王」，多有趣呀。才在思考，老闆媽媽似乎醒來，發出豬一樣的吼聲，莉莉把名片放進口袋，趕緊去拍她，安靜呀，安靜，你不該發出聲音呀，要出聲就等我幫你翻身，這樣才對我們倆都有好處，win-win，雙贏，懂不懂呀。

之後莉莉見了Burger王幾次，也沒說什麼，大多躲在巷子角落喝飲料，連嘴都沒親過。莉莉覺得Burger王有點俗，是呀，照台灣的說法，有點俗。不過Burger王還挺安靜，偶爾聊聊漢堡：哪家店特價、哪家品質變差、之後環島還要吃遍全台漢堡。小聲小聲的，不討人厭，不讓人想放棄。

然後某個週末老闆照例帶莉莉去買菜，說是帶，其實就是看，什麼魚什麼肉主人全沒頭緒，只是怕她跑去玩，心野了，不好管。老闆在菜場總是善良，和頭家還是頭家娘都說笑，說到一頭汗，臉頰亮光光。在每個攤子前她挑揀他殺價，袋子多了還幫莉莉提，久了大家都說，幹麼不乾脆娶了莉莉，老闆笑說人家可不願意。莉莉沒說話，雙腳在菜場地面發餿的積水裡踩了也沒感覺，腦子裡旋想著幾個大學同學，都在台灣當看護，其中呀，桑雅最近不接電話，眼看是糟糕，不是逃跑就是fall in love，無論哪個，總之丟下她了。

回家，老闆開電視，莉莉把雞鴨魚肉茄子A菜塞進冰箱。老闆問，欸，莉莉，你在菲律賓大學念啥，莉莉一驚，這下好了，什麼被發現？主人可沒問過她來台灣前的事，要說關心，她打死不信。飲料店發票？手機帳單？手機？莉莉衝進房，在床頭板後邊掏出手機，不是手機。她走回客廳，Economics，她說，老闆沒反應，經濟學，她又說。這樣呀，所以這就是為什麼你很會記帳吧，莉莉回想，Economics她沒什麼興趣，不過經濟跟記帳總有點關係，就訕訕點頭。主人說，那，今天還沒給媽媽翻身吧，語氣好溫柔，莉莉還是想不起來什麼被發現了，但照做應該是沒錯的。老闆說，我來幫忙，走近床尾從薄被底下抓出媽媽軟白的腳踝，一臉滑稽衝著莉莉笑。不是這樣翻的，老闆，棉被都還沒掀。是嗎，不然在掀棉被之前，我可以先幫你翻翻身，你知道的，要說情感，不能說沒有，大家說的你也聽到了，總之，你也給我翻翻身，彼此都滿足。

然後就是現在了，清晨，空氣逐漸溼熱。天際是橘色，騎樓卻還在陰影裡。兩人蹲在路邊，莉莉死抓Burger王手臂，你一定、一定要去上班嗎？賣炭烤的小貨車剛收完攤，開走時留下一團黑煙，Burger王嗆了嗆，伸出舌頭來嘔，一貫的安靜，眨眼，睫毛搧搧，好長呀。莉莉第一次發現，Burger王俗歸俗，眼睛卻異常好看，幾乎可說是beautiful。然後莉莉說，不然，不然你至少陪我吃早餐，前面有Burger King，吃完我就回去，好嗎？要是你之後嫌煩，我就再不找你。

這是關鍵的時刻，Burger王明白，他的回答會將一切改變太多。他看著天際的橘色往天頂延燒，然後大亮，最後只剩明亮的藍。工作的人們正準備出發，他感覺得到空氣中的動態，感覺得到一道道拉下的鐵門就要升起，就要繼續重複Burger王和莉莉在此之前漫長的一生。他轉頭看莉莉，莉莉在綁鞋帶，然後鬆開，他輕輕說，一山不容二虎，莉莉看他，聽不懂，他又說，王不見王，莉莉一臉不確定的模樣，Burger王說，我就是Burger King，王不見王，哪有還去Burger King吃早餐的道理。莉莉一聽，懂了，眼淚和著鼻涕流下來。Burger王說，哎呀，跟著我跑，這樣你也會沒健保唷，可以嗎，莉莉說，沒關係，我已經病了，不可能再病了，沒有更糟糕的事可以傷害我了。

他們那時候還不知道的是，第二天早上，Burger王、莉莉、和莉莉的老闆都在各自的床上翻了個身。老闆想，不試白不試，失敗也就算了，反正他一輩子失敗，就是沒女人愛。莉莉沒有想，什麼都沒有想，她只知道莉莉不是桑雅，莉莉不傻。Burger王一個人坐在Burger King裡，寫辭呈，寫完之後又撕掉，tanga呀，誰在乎你的辭呈。他又點了個牛肉堡，撕開包裝，咬了一大口，肉汁和番茄汁流到下巴，讓櫃台的店員忍不住皺了眉頭。然後當Burger王走進公司，在自己的位子坐下，翻開今天第一份工作報表時，突然感覺自己額頭發燙，心裡著慌，而那時莉莉正在掃地，莉莉的老闆則又陷入夢裡，老闆的媽媽則仍安靜躺在床上，沒醒沒痛也沒多餘的愛，只一身是病，繼續等著誰來替她再次翻動那仍在運轉的屍身。

莉莉之二：身體靈魂誰在聲聲慢

身體就像機器，裡頭的零件不管靈魂，要壞就壞，要斷就斷，要是慢慢起了化學作用，液態的成了固態，固態的卻成糊狀，像失控的自然實驗一樣，也是常有的事。均衡的身體骨架是自然界的奇蹟，李醫師每天望眼欲穿，就希望能親眼見證一次，彷彿是對自己工作的肯定。不過這是個悖論，就像所有的渴望都是悖論：正因為你負責這些身體的缺損，你才對完整著迷，但要在缺損中尋找完整，除了風險性的快感外真的難有所得。

「醫生，我的左手愈來愈抬不起來了。」

「醫生，坐不久呀，腰撐不住，不要說拖地了，連站著洗碗都苦呀。」

「醫生，只要繼續復健，我就能走路超過五分鐘？膝蓋就能彎過九十度？」

李醫師心裡有一種莫名驕傲，因為再沒有一個地方像他的復健診所，可以讓每個人看起來像毫無差異的人偶。只要壞了同一個關節，人們就壞了同一個姿勢。關節的旋轉重點只在角度，所以個體差異不過是30度或45度的壞損，至於那些幾乎壞光的關節，則無一例外地無法動彈，讓人彷彿多年鏽壞的劇院戲偶，硬生生地少了一個表達靈魂的環節。

「醫生、醫生、痛呀，躺著痛、坐著痛、站著痛、走路痛、不走路也痛、能夠做的動作愈來愈少了呀。」

「你要做什麼動作？」

「就、生活需要的那些動作？」

生活需要的動作？李醫師心裡笑了，這是靈魂的說法，不是身體的說法。身體說的是收縮，是延展，是彎曲，是轉動。關節液也許濃稠，也許就要像旱期的河水收乾，或者就要溢出般地壓迫你的神經。當你伸手去取一個花瓶，頭往上抬，突然之間發現自己的頸椎無法承受你的臉面向上，只好靠手摸索，一不小心讓花瓶碎成一地陶瓷破片。靈魂說，我的花瓶，我的花瓶上極簡的幾何圖案，我的極簡圖案所象徵的生活美學，以及其與植物相連的情趣想望。身體說，頸椎退化，姿勢不良，肌肉勞損，骨刺，骨刺，Danger，Danger，

Danger。

當然他也不是一個毫無情調的人，甚至還有一些令他自豪的小幽默。他喜歡詩詞，尤其喜歡浪漫的李清照，覺得她哀愁美麗讓人傾倒。於是他常常在秋冬等季節更迭之際，面對著關節也許更加疼痛難耐的病患說，有沒有聽過李清照，對嘛，課本都有教，女詞人，有沒有，那首聲聲慢還記不記得，尋尋覓覓，冷冷清清，淒淒慘慘戚戚，乍暖還寒時候，最難將息，現在就是乍暖還寒時候，最難將息呀。

「什麼是將息？」某次，一位神情抑鬱的婦人這麼問了。

「就是調養休息。」

「那為什麼很難調養休息？」

「啊，因為天氣變化大。」

「可是，天氣變化不管大不大，我都得帶孫子，都很難休息呀。」

「沒有啦，我的意思只是說，這種天氣身體本來就容易出問題……」

淒淒慘慘戚戚，那是他對於這些人偶最浪漫的修辭。有些時候，他經過復健區，總會看見手下的物理治療師搬弄著躺在地上的人偶，也許汗流浹背地將他的大腿壓至胸口，也許死命將側躺的人偶單腳往身後不停拉長，還激勵口號似地要他們延伸延伸延伸再延伸。通常在這樣的姿勢雜燴的背景當中，還會有一整排患者背靠牆面坐著，為了受損的頸椎將下巴放在垂掛的繫帶上，彷彿一場演習上吊的聚會，而在治療的期間內，他們除了盯著診所為他們準備的電視節目，就只能任由眼神穿越一地彎折的人偶、穿越櫃台大廳、穿越玻璃門、穿越騎樓與馬路、穿越……

他能試著醫治他們，但畢竟不能顧到所有需求，就拿電視節目來說，無論怎麼選擇，總是不能滿足所有人的喜好。他曾試過關於正確姿勢的衛教影片，像要為他們之後的幸福美滿多作一些準備，但終究只在那群無法動彈的眼神當中看到最大的迴避與絕望。

因為那位婦人，李醫師又回去仔細查了一次，聲聲慢，之所以題名為聲聲慢，是因為此為節奏平緩的慢詞，以聲入韻。他之前不知道，一直以為聲聲慢講的是李清照的心情，是一聲一聲緩慢的呼喚，沒想到卻只是格式，誰都可以循此規則填出聲聲慢詞。不過這樣也很有趣，李醫師想，就像人偶，基本組織架構都是一樣，但衍生出的病痛依據錯誤的習慣與體質則人人不同，而那病痛呀，也許比身體更接近靈魂。

梧桐更兼細雨，到黃昏點點滴滴，這次第，怎一個愁字了得。

第二天傍晚，李醫師又興高采烈地前去工作，步伐穩健，背脊直挺。在走到診所前，卻看到診所隔壁長期租不出去的店面角落蹲了一位女子，她竊竊地彎著腰，彷彿在謀畫著些什麼。李醫師把臉貼近，店面的陰暗讓他必須穿越玻璃上自己的臉龐倒影，才能勉強看清女子的動作。女子的肩膀輕微抖動著，一開始他以為她在哭，後來才發現她不過是熱烈地在講著電話，另一隻手一邊在地面不知撿拾著什麼。李醫師突然意識到自己似乎在目睹一項不太妥當的行為，也許不到犯法的地步，但絕對不甚妥當。他於是敲敲玻璃，女子受到驚嚇，縱身跳起，身形彷彿矯捷的貓科動物，她勻稱的身體悠展開來，只看了他一眼便俐落轉身，從後門逃得不見蹤影。

李醫師著迷了，就是那樣的骨架，那樣的肌肉彈性，身體與靈魂的完美結合也許莫過於如此。

再晚一些，莉莉回家了，主人說，「莉莉，去替媽媽翻身，」身為主人口中的菲傭莉莉於是將手機利索滑進口袋，輕盈跨入房間。她的手指、手腕、手肘、肩膀、頸椎、腰椎、骨盆、膝蓋、腳踝、腳趾的一切關節都在這項工作中溫柔旋轉，力道熟練而恰好，是經過3684天的命運演練。

而李醫師此時還坐在診療室，還在回味那貓科動物般的一躍，他還不願意了解，聲聲慢，慢的不是聲聲，而是朗誦時的音長，即使規律，也還是規律化的情懷。而他既然身為醫生，本身就必須奉行完整，而那也代表，另外完整的人是絕對不會需要他的。

利樺之一：斑點

莎莎躺在客廳鋪了米色綢布的藤編長椅上。

莎莎躺在多彩條紋床罩上。

莎莎躺在陽台一整排亮紅色塑料矮凳上。

那段時間，莎莎臉上浮現了斑點。

幽魂始終沒來。

其實早在之前，莎莎就開始針對老舊傢俱進行簡單改造。如果無法更換，就將其隱蔽，那是一種對自己細微的愛。尷尬與積極知足向來是一線之隔。附近的幾間工廠正在隆隆運轉，而她丈夫正在其中一間指揮工人。在眾多拼湊的臨時工廠中，那間工廠頗有規模。只要願意走過許多聚沙場造就的軟糊泥地，這棟兩層樓的五十坪工廠簡直文明地令人心花怒放。

工廠內，始終有植物在格格發光的水耕環境中消長。

她不知道N城如何。但當時的T城邊緣聚集了許多小型鍛造工廠。鍋爐、火焰、燒熱的金屬與幾乎焦黑的人體晃動。聚沙場在河流邊緣採取混了沙石的河水，一再被抽起又仔細過濾。一場好壞與大小的算計。莎莎不喜歡經過這段區域。周邊的低矮工寮大多因為蒸騰熱氣呈現半開放狀態，窗開、門開，甚至還拆去了窗框或門板，裡頭妻小眼神粗礪，老遠就能扎人。他們的盥洗衣物晾得輕率，甚至內衣內褲翻開來就掛在後院。後院。工寮後方有堆物品的所在便是後院。前方泥水地一樣隨風隨河原地打著渦流。

照光水耕栽培，多麼秀氣，莎莎總是這麼對襁褓中的女兒說。然而利樺太小，咕咕噥噥就要哭，兒子武楊年紀大了些，倒會似懂非懂地點點頭，眼神漂亮。

誰知道那些漂亮後來都成了詛咒。

丈夫不來，丈夫不走。丈夫大部份的時間待在工廠，似乎在等她道歉。可是莎莎又頭痛，打算再去找一位新醫師掛號。巨大的看診時間表單攤在玻璃矮桌上，她得起身才看得到。好吧，彷彿冥冥之中的力量，莎莎撐起身體。樓下鄰居介紹她針灸醫生，她總是微笑點頭，拿了一整疊名片堆在衣櫃頂端。草藥針灸拔罐對她而言都太過陰暗，不可信，名片留著是怕鄰居哪天腦袋清楚，突然問起自己給過的名片後續。畢竟得留點線索，之後才能搭話，以免尷尬。

鄰居從來沒再問過。

門外細長的樓梯間有人經過。如同崖壁危殆的通道有人踽踽而行。光線從極小的頂部三角窗射入，卻在水泥階梯留下月彎似的礫灰色擦痕。有耳朵。有沉默。有不用閃身的壯盛孤獨。幽魂或許曾經走過。

莎莎喜歡整齊列印的西醫看診單。巨大繁茂如樹。每位醫生照片俊俏美麗，像是腦內正孕育所有與科學有關的秘密。她多想也有那種腦。

可是莎莎。可是莎莎。可是莎莎是真心想要聰明漂亮。

莎莎也愛聽廣播。一個奇怪的廣播節目總在介紹西方新奇小玩意兒：胡蘿蔔削皮機、十八Ｋ金打造的整幅鎧甲、薰香唱片播放器、唱歌電話機器人……利樺只對節目中播放的歌曲有興趣，一旦西洋舞曲的音響流淌入八坪大的客廳兼臥室，她的嘴角眼角都因為旋律含笑；武楊則露出仔細聆聽表情。三歲半的孩子懂事嗎？莎莎不知道。然而三歲半的武楊懂事。他坐在早已顯得過小的嬰兒床上；周遭欄杆縫隙太大，等距交錯貼了兩面互黏的封箱膠帶，他的眼神於是就從土色膠帶間微微透出光來。眼皮時起時落，偶爾嘴角流下唾沫，彷彿真正投入沉醉。

某次ＤＪ介紹了超大的牙膏軟管狀泡泡糖。這種泡泡糖極軟，必須依靠咀嚼才能達到一般口香糖硬度。然而有位遙遠異鄉的白皮膚孩子不明白，硬是擠了整嘴甚至溢入喉頭，嚼了嚼後發現喉頭黏住，差點悶住氣管而亡。

在ＤＪ的狂妄笑聲中，武楊大哭。莎莎沒空理他。利樺正在吃奶。噓。現在還不到節目時間。也還不到利樺吃奶時間。孩子都睡了。午後難得靜默。莎莎又想躺下來，結果扭扭脖子，看見自己的臉反射在關掉的電視螢幕上，猛然嚇了一跳。

那是斑點嗎？

斑、點。

斑點要看什麼醫生？

莎莎走進廁所對鏡，奇怪，斑點若有似無，微微變淡。明明剛剛在灰黑的螢幕上佔據了整面左臉，不對，是右臉。不對，是左臉。大大小小幾乎呈現圓形的斑重疊在一起。像是變形後的釋迦。可是到廁所大開了燈，白亮亮呀，斑卻淡了。莎莎用力眨眨眼。再眨眨眼。外頭發出嬰兒的嗚咽聲。

皮膚科吧？怎麼想都是皮膚科。不過或許別的病也會出現斑點症狀？或許從家醫科看起？難道是眼睛問題？先看眼科？

莎莎又想躺下來了。可不可以先躺下來再思考？

她躺下來，感覺自己陷入聚沙廠附近的泥河。利樺與武楊在各自的小床上直起身體。武楊甚至雙腳站立，雙手搭著床邊輕微搖晃的欄杆。別擔心，還不危險。利樺半坐著，沒有眼神。這種時候的孩子很容易遺失眼神。乾淨的遺失呀，乾淨的尋得。魂魄似乎仍未下定決心。自由仍未找著形體。

植物還在生長吧。像一個笑話。她其實有聽見員工竊竊私語，天氣熱，水溫過高，溶氧量不夠。原本的肥料專家跑了，暫時找不到新人替代，只好無止盡地注入高氮肥，安全牌，遇到困境也不知如何轉彎。跟老闆說要想辦法降溫，老闆覺得問題不在那兒。老闆、老闆、老闆認為細菌感染是最大問題，要先想辦法解決。植物還在生長吧？真像一個笑話。不給人家照太陽，算什麼植物？莎莎偶爾抱怨，丈夫就說她不懂。重點在於複製必要的光線波長。假的就假的啦。就算說是copy也沒用呀。

莎莎翻身。藤椅吱吱嘎嘎響。上方綢布扭曲打結。老舊長藤椅容不下太多彎曲。她把斑點埋下去。埋進綢布，埋進泥河。周遭光源如蛾般撲著薄翅打轉。

她想去看醫生，可是找不到人幫忙看孩子。她的家人都不在了。死的死，遠的遠。曾經他們還在身邊時，莎莎確實覺得自己可愛聰明，但現在的她找不到人幫忙帶孩子。幽魂不來，而斑點或許還在侵蝕。

可以丟下孩子嗎？

不行吧。

十五年之後，武楊將首次帶一個流浪的孩子回家。那是一個癡肥女孩，細小眼神中滿是不安定，當時莎莎又想了一次，「可以丟下孩子嗎？」不過當時兩個孩子都還沒上大學。他們三人也還住在此泥河畔的舊城區。如果再晚個五年，孩子大一點，莎莎或許就無法不去完成這股衝動。

（此刻面朝下躺著的莎莎不知道，十五年之後，她還是沒有道歉。現在的她只是感覺聊賴，並不抗拒道歉，但也不認為非做不可。日子很長，各種決定在歲月中被反覆淘洗，她也把這個決定淘洗了幾次，看到了壞損的裂隙，但不因為決定本身有什麼差錯，純粹是時光無情。其實道歉就好了。可是她又不想。日子就這樣懸而未決地也會過去吧。孩子都生了，不然怎麼樣？）

她又想到工寮內的種種眼神，於是決定起身準備晚飯。陽台的幾株玫瑰只有細瘦莖幹，陽台玻璃門內的地面堆了十幾疊未完成的十字繡花盤。她打開冰箱，關上冰箱，在冰箱表面的污痕中隱隱瞧見自己的斑點，於是旋即回身。今天只打算做雞胸肉炒蛋。「沒有這種菜，你知道嗎？」丈夫或許會因此說話。「真的沒有這種菜。」然後她就可以回嘴，「陽光都可以假裝，這種菜還不算太慘。」

才在切切燒燒，她卻突然聽見了聲響，不情願走回客廳查看。利樺竟然不知怎地爬下小床，首次雙腳直立，四肢巍巍顫顫，但仍打開了矮几上的電視。

工寮裡有電視嗎？他們在附近裝設了幾台發電機，隆隆作響還伴隨焦油味。然而電視？她不記得有觀察到電視畫面轉換的閃光，也不記得自己在空氣中聆聽到隱隱聲波。然而附近聚沙鑄鐵話語聲也轟轟。哪像現在，隱隱聲波佔據了他們安身立命的小空間。彷彿旋開照顧水耕箱格內的燈泡。

電視裡的畫面很無聊。非、常、無、聊。比起那位吵鬧愛笑的廣播DJ，電視節目簡直蒼白到不可置信。莎莎不明白大家沉迷原因。當然，十五年後，她成為一位家中總是開著電視的女性，不過那是另一個故事了。此刻的她只是非常煩悶地盯著女兒，一雙小小三角眼離電視好近，幾乎要貼上去。螢幕上正有一位主播緩慢而清晰地唸稿，內容大約是和國會有關。廢墟派的勢力正在壯大。國會還在辯論相關議題。非、常、無、聊。然後是疫苗，遠方有國家發明了新型疫苗，或許可以預防癌症。最新突破？預防癌症？她認識的每一位癌症患者都死了。不先找出療法，倒是先發明了疫苗？

也是過了十五年，她才聽說那是一則錯誤報導。非常嚴重的失誤。不過反正也沒有人因此受害。死的還是死，沒死的還是沒死。錯誤報導成為一則軼聞，連娛樂性都不夠。許多家屬為了這則新聞奔走，但故事也被時間淹沒。他們談論、他們抱怨，但一切都缺乏某種確切的散播價值。

利樺站在電視機前面，手指摸索按鈕，調高螢幕亮度後又窸窣轉台。洪水。火災。槍砲射擊。寵物送養會。此時的主播不被允許情緒起伏，語調如同綳緊的繩索扁平。利樺開始嘎嘎嘎嘎大叫出聲。興奮莫名。

丈夫回家了。溫柔之人。溫柔得足以窒息世界之人。比幽魂強悍。

她和丈夫都是從遠地移民到舊城區之人。她的家人太遠，他的家人也不遑多讓。或許因為共同的遙遠，眼前的緊密顯得理所當然。他沉默地安頓好兩人生活，沉默地使她受孕，沉默地迎接兩個孩子，沉默地開了植物工廠。原本他有一家沉默的五金店，但後來認識了其他有野心的人，決定把沒有未來的店面頂給別人。這點莎莎是贊成了。但是植物工廠？植物工廠和薰香唱片機一樣，聽起來僅僅是一則有趣笑料。

植物工廠在十五年後也成為主流。雖然無法提供太多糧食作物，但可盛產一般葉菜類與花材。營養成份甚至穩定偏高，外貌也美。不過這種事，莎莎沒有注意，也沒有刻意忽略。生活長成不同樣貌，她只是間接地無知了。

丈夫穿越她像穿越一道路口，比幽魂熟練利索得多，雙手抱起嘎嘎叫的利樺回床上安撫。莎莎走回廚房，打散三顆雞蛋，小巧瓷碗敲得鏘鏘響。丈夫開始在外頭與孩子軟語，偶爾與利樺，偶爾與武楊，聲調用字煞是體貼。他甚至能把工廠植物說成一連串童話，然而關掉的電視新聞還在繼續播放遠方被折磨的戰俘。

再打一顆蛋好了。外邊路口有瀕死老人拄著枴杖經過。再過幾天會響起救護車警笛。

後來十年的舊城區沒有沒落，只是默默翻新。希望城市維持更多廢墟以維持過往風華的廢墟派仍未掌握足夠勢力，新房子慢慢地起。舊人覺得難堪，自動開始流離。原本的小土地公廟也給建大，多了更鮮明的豔紅的廟牆；此外多用水泥鋪了片廣場，康樂活動變得更是頻繁。工寮逐漸支離，河水毋須淹沒。

莎莎的新鄰居每週去水泥廣場跳土風舞，她卻始終沒有找到適當衣服。

再打一顆蛋好了。

一桌三副碗筷。一副給莎莎，一副給丈夫，一副準備攪碎食物餵武楊，又或者給那一位始終忘記前來的幽魂。丈夫不在意幽魂，莎莎卻很明瞭。這間房裡有一道留給幽魂的路徑。只要幽魂走入，一同上桌用餐，一切仍有轉機。

「利樺瘦了。」「沒有吧。我每天在家，看她都一樣。」「就是因為每天在家，才不容易發現變化。」沉默。「工廠裝修完了嗎？」「還沒。」沉默。「工廠不是還要招募新人？」「不確定。」「為什麼不確定？」「講起來很複雜。」沉默。「哪有那麼複雜。」武楊突然從娃娃床伸手推倒了自己的碗。彷彿模擬幽魂到場。丈夫立刻把碗放遠。「嗯。」「嗯？」「嗯。」「嗯是什麼意思？」「今天又解雇了老張。」「還解雇？都快沒人了還解雇。」「嗯。」

「今天不加班？」試探。「嗯。」有試探等於沒試探。

「我臉上有長斑嗎？」

丈夫終於看了她的臉，她分不清疑惑與抑鬱之間的差別。「斑？什麼意思，老人斑？不至於吧？」他的眼神好久沒有如此細細掃過她的臉頰。「還是曬太陽之後長雀斑？」沉默。「可是你應該也沒什麼機會曬太陽。」「什麼意思？」「你大部份時間都在家呀。」「你是在抱怨還是諷刺？」「沒有。」「想說什麼就說呀。」「沒有想說什麼。」沉默。沉默。武楊吸了吸鼻水，可惜沒哭。哭了或許還能解除父母窘境。「啊，聽說小倫的太太長了肝斑，雙頰對稱，像塗了灰色腮紅。啊，是不是該說腮灰？呵。聽說很難治療，很貴，有人還直接把皮挖掉。不過我看，」他斜移頭頂燈罩，刺眼的光一瞬間照向莎莎，「你應該沒有。」

幽魂不來，可不可以至少給她一些無用的生活禮讚？傾斜的燈罩落了一點灰在重新加熱的蛤仔湯裡。丈夫沒發現，但她確實瞧見了。無用的生活夢魘。哎呀，一點灰會死人嗎？當然不會。一副十八K金的鎧甲可以把人從死裡救回來嗎？當然也不行。可是生命的加減法時刻在進行。她於是又死了一點。

「想知道我爽不爽嗎？」「因為沒長肝斑？」「跟那些男人在一起時爽不爽？」「孩子面前，別講這些。」回答得真快。丈夫開始幫武楊把食物和著湯攪碎，勁道還是如此溫柔恰好。武楊知道輪到自己蹂躪食物，表情歡快，「他們又聽不懂。」「孩子什麼都懂。」「不要拿孩子當藉口。」「不要不把孩子放在眼裡。」「是你不把我放在眼裡。」沉默。「不談這個。」

「就談這個！他們一個是醫生、一個是企業家、一個是工程師。他們就願意來，他們願意來這個破房子找莎莎，願意讓莎莎爽。很、爽……」丈夫大力起身，掃視整個空間，顯然有那麼一瞬間想把孩子帶開，但要帶去哪裡？廚房？廁所？這等空間甚至負擔不起隔音功能，所有聲響總能輕易刺入所有人腦袋。後陽台的鄰居大聲咳嗽，是聽見了嗎？舊城區是一只聲音的箱子，外邊啥都聽不見，裡邊啥都藏不住。一這麼猶豫，氣短了，思緒也亂了，一個適合甩巴掌的時刻也過去了……

有那麼一個時刻，莎莎的丈夫幾乎能成為一個願意甩巴掌的人。一個任憑自己被拋出的時刻。可以吧？一個任憑自己被拋出的時刻？莎莎呢？莎莎有沒有想望過這個時刻？

丈夫留下了半碗白飯。過硬的精緻米來自遠方沙洲末尾開墾的田地。除了稻米，那裡還養鴨，鴨子在水波上推擠浮沉，活得愈肥美愈是農人的心頭好。魚貝也在當處聚集，但價位較高，莎莎幾乎從未有機會購買。

不能帶孩子躲避，那只好自己離開。丈夫大概又是走回植物工廠，那個所有菜葉在燈光下全力伸展的空間。空氣內濕氣開始濃重，莎莎於是起身確認落地窗緊閉，畢竟要是雨滴落下，她要確定那是與室內全然無關之事。丈夫身影勢必在遠方零落又叢聚的工寮間晃蕩，幾處還生起小小篝火，意味不明，暗夜裡生動的光，或許還偶然折出丈夫明滅身影。

莎莎不信，本來又要去檢查臉上的斑，突然一轉念，走去廚房拿起剛剛蒐集的蛋殼，半顆半顆圓弧。她用十隻手指使力捏碎，不得已讓微腥蛋白液沾滿指尖，然後拿起裝了碎白殼粒的正綠塑膠碗，走上陽台，全數旺盛推進玫瑰花盆。

泥河還在蜿蜒，仍未消失。濕氣濃重。她得去躺下。

利樺之二：胎兒形狀的痂

一枚無記憶的傷口。

那是嬰兒時期了。根據母親描述，嬰兒床的裝置有了多次沿革。一開始是從鄰居處接手了缺陷百出的嬰兒床，便隨便地用封箱膠帶黏貼空隙，竟然也當真防範了幾次她的摔跌。後來，父親終於無法忍受這種權宜與隨便，做了簡單木工加強結構，還仔細找來砂紙磨平所有稜角與起毛粗糙。父親總是擁有這種遲來的果決，比如壁面水紋，灰白灰白的線條蔓延，他也是相安無事地面對了好幾年，某天卻終於下定決心提回三桶油漆，還特地討好母親地挑了百合白。結果漆了一塊卻醜了整屋，只好繼續補滿所有黃老壁面。最後母親只好帶著嬰孩到對門一位老鄰居家借住三天，才讓父親完成整個小空間的粉刷並散去氣味。至於父親不知是否因為假日多做了幾天工，心有悶氣，夫妻倆之後又整整一週沒交談。

「他是氣自己太蠢。一開始就該挑對顏色。」母親強調，利樺也沒再問。父親不愛說話，自有記憶以來就是為了展現愧疚而存活的沉默。

眼前圓桌早已散去過往食客，只剩小恕蹲在椅子上扒飯。利樺盯著這隻武楊新帶回來的怪物，細瘦四肢仍然有力，卻又帶有刻意的自虐縮減。就連飯扒一扒，之後一個情緒突竄，他便突然使力拿碗底敲打桌子，彷彿責怪自己進食本能，接著驚醒後又繼續扒飯。這種猶疑不決的來回反覆也體現在姿態上，於是儘管已不是嬰孩，小恕蹲伏姿態仍像團在羊水中浮動的胎兒。

正好與那枚無記憶的傷口的癒合形狀類似。

這是公寓內的一間狹小飯廳，天花板不夠高挑，但仍被母親刻意地裝了一盞巨大仿製吊燈。說它仿製，倒也不真的因為材質或造型，純粹是一種粗糙而難以忽略的廉價作工。幾顆淚滴狀的水晶甚至大小不一，模造邊緣還有尚未磨平清理的突起。一次半夜她進飯廳取飲料，在整間暗屋內亮起的吊燈瞬間散發狂亂而難解的細瑣光線，一條條都在通往未知歧途。

說到這枚傷口，從母親口中聽來也是一個充滿歧途的荒謬故事，就發生在夫妻倆不說話的那一週。八月天候是濕悶的狂熱，父母隔著房間的薄水泥牆各自過活。根據母親描述，父親穿著簡式襯衫，該是在讀一本過期許久的財經雜誌，她則省略所有內衣褲，只著一件連身大花長裙，一邊盯著電視一邊舔冰棒。兩個孩子就擺在客廳與房間之間的小飯廳，邊界曖昧。武楊一如往常乖巧睡了，小小鼾息與電視螢幕上被魚鉤嵌住的巨型鮪魚的破浪節奏交相呼應。利樺卻不安穩，在另一張床上反覆翻身哼唧，幸好始終沒有真正轉醒。幸好，幸好。母親每次談起，都要一次又一次回頭強調幸好。

可惜幸好這種事，就是為了強調一般性的不幸。

比如「百合白本來就稍微偏黃，是我考慮過的結果。」「可是刷起來差很多呀。」「那沒辦法，牆壁退化成這樣，總不可能找到退化漆吧？」「你一定沒用心挑。」「百合白是大家最常用的顏色了。」「你現在倒在乎起大家了？」「我真的不確定你的意思。」「沒什麼意思。就做你自己。」「我？做自己？」「早知道要全面重漆，還不如漆個玫瑰白或蘭花白，裝潢節目有推薦。」

一般性的不幸。

好久之後，莎莎被一位多話客戶纏上了才知道，一個著名故事中有位如同玫瑰白的女人，也才慶幸自己沒有為整間房子漆上玫瑰白。這種女人她死也不願意當：小鳥般的乳、過度延長的少女期、說話不聰明呀惹人討厭、便秘，就連外遇都只挑一名頭上長癩的裁縫，長相氣質與職業無縫接合。真是嚇死人。怎麼連油漆都藏匿詛咒。不過這件事，利樺從未聽說。她只負責在那段父母沉默的時期翻倒跌落，終於成就一道永恆傷疤。

小恕終於扒光碗內所有白飯，瞬間結束原有指令，眼神中的空白仍未接收到下一組指令。利樺盯著他，他也回望。沒有焦點的對視。小恕面對世界有一道看進去的過程。他用眼神把所有眼前資訊切碎，再選擇嚥得下去的吞。

「所以你又有什麼悲慘故事？」沉默。「既然是武楊帶回來的，不會沒有悲慘故事。」沉默。「上一個胖女孩，很有意思。她原本非常美，身材高䠷，五官有外國人輪廓，還拍過一系列電視劇集。可惜呢，演技非常差，咬字也古怪，尤其緊張起來就幾乎每個字都無法克制地捲舌。我在網路上找過一個舊片段，嚇死人的好笑。後來一路消沉，連她自己父母都救不起來。她父母就是長相一般美麗的老實人，一起做餐飲，後來到了九〇年代中期，對了，那女孩很愛強調年代，總之九〇年代學校開始有營養午餐，他們就接了一間小學的case，每天在廚房奮鬥終於把兩個女孩子都養大啦。結果真美的這個，消沉之後便無以為繼，反倒是一般美的那個妹妹讀成了醫師，還成為醫界小甜心。」「小甜心。」「對，小甜心。」利樺突然笑彎了三角眼，「原來你會有興趣的話題，那麼普通。」

那麼普通。如同所有的流浪情懷也浪漫得那麼普通。利樺歲數不長，但已開始懷疑一切可能的驚異都比想像中普通。父親植物工廠倒閉，細節她從來不清楚，想像中只有一整個空間內凋萎發黑的植物，現在甚至懷疑沒有比此畫面更確實之真相。不過自從父親放棄婚姻，毅然出走，她所知道的故事就至極普通，從誰口中揭露都相同。死心、放棄、責任、愧疚、成就、失敗、愧疚、流浪。流浪甚至還真的就是去親近海流與浪花。那個總是穿著襯衫的父親強硬拜託客戶朋友讓他成為跑船人。她無法想像父親大片肌膚裸露在陽光下的樣子。

一路沿著島嶼縱向剖開的行跡。那麼南方的港，那麼南方的海，那麼南方的風。

父親只給她寫過幾次明信片，卻沒有任何問候話語。反正幽深過道早已沒有靜默腳步響。他通常只是描述各種儀式與祭拜場合，彷彿也把女兒當作必須祈願之神明或必須祭拜之鬼神。比如新船下水儀式，父親幫忙在船頭綁上各色祈福旗幟與慶祝掛幅，幫忙拋灑麻糬紅包給圍觀民眾，並首次看見人類如海中魚群趨向餌食又被隱隱砸痛的姿態表情；比如在遠洋的細雨中迎接中元節，父親與其他船員在甲板上擺開桌席，簡單放了各項菜食，點香，祈求漁獲滿載、平安吉祥、回鄉娶個美嬌娘。（父親不知道的是，一位來自山上且名叫馬紹的青年始終捏著香，也期望豐收平安，但語言從海的表面流去，無人來得及細細追討。另一位海外漁工則用自己語言祈求自己願望，或許仰求類似平安的概念。）父親談這些細節的態度事不關己，也無心得，說完就過去。僅僅一段仿若有情感暗湧的密語。利樺反覆地讀，在深夜的被單裡讀、在新年灑掃時讀、在家中出現的怪物超過她所能忍受時讀。家中的怪物或許是母親、或許是武楊，或許就是從外邊來，一個個執意以自身方式入侵他人意識的畸胎。

「所以，你又有什麼故事？」小恕眼裡終於有她，每次意識的情緒始終接近一種困惑的害怕。小恕剛住進來時，武楊整天繞在身旁，作他與母親和妹妹之間的橋樑。每次怪物劇場演到這個段落，利樺和母親就真正看戲一樣，整天聽武楊如何解釋怪物的情緒反應、如何細語善誘，又如何以耐心應對所有行動語言間的落差。「他這樣重複一句話，代表這句話和過往回憶有關，而眼前場景觸動了回憶。」「什麼樣的回憶？」利樺問。「如果我們可以嘗試各種方法……」「像是要他畫畫？西方影集裡的心理醫生都會叫孩子畫畫……」母親提問，但仍不脫譏諷。「不見得是這種方式。」「之前有位太太，只來住了三天那位，也是一直重複……」利樺發現家裡已可編寫怪物史。「那不一樣。她是精神病。」「現在這隻就沒精神病？」母親開始流失看戲意願。「應該沒有，他只是……邏輯跟別人不一樣……但不是不能懂。」「就是不懂呀。」利樺作出結論，眼角瞥見小恕手指從武楊床邊垂下，開散如同日照初始入侵之半萎曇花。

天候實涼。如果當時也是如此天氣，利樺周身一定會給厚重衣物包緊，屆時即便執行了下意識的逃亡，或許也不會留下血的開口。根據母親轉述，等到她終於從電視轉開眼睛，瞥見利樺身影高聳壯烈，一切早已太遲。

小恕還是蹲在椅子上不動。桌面有浸在油裡的芹菜與小卷、半條半焦紅目鰱，還有一大鍋喝了三日的白濁蓮藕湯。飯廳角落的菜盆裡堆滿發芽的紅蘿蔔與馬鈴薯，但還有幾條新鮮芋頭。母親對家事向來煩厭，但不真正討厭做菜，尤其花了點錢做好低階系統性廚具，甚至還比他們幼時做得更勤，有時一邊在炒鍋裡翻菜一邊吸菸歌唱，快意非常，菸灰都不小心落入油花，極致喜悅證明。唯有那些時候，她才會想起死在海的彼方的親人，那些親人以前也會在鍋裡替她翻起各式油花，大家大院的甬道內吐出一道道鮮美菜餚，再供她吞嚥入食道系統後親密泄出。或許裡頭也有她姥姥的一點菸灰、一片指甲油、一撮灰白的髮、一滴只為洋蔥熱氣而湧出的淚。

「那隻胖女孩真的有趣。你們是同類，搞不好能彼此理解。她自從變胖後就不再緊張，整天都可以清楚說話，說個不停呀。你就安靜多了，這算優點。她喜歡用年代聊天，不知哪來的習慣。就拿吃飯這件事來說，她坐在你這位置，和我們全家聊了好久的五菜一湯梅花餐。你一定不知道五菜一湯梅花餐是什麼吧？這種古老的事只有我媽知道。你知道梅花嗎？算了，看你也不打算開口。總之她說八〇年代，而且一定要用『想起那時候八〇年代』開頭、她才幾歲怎麼可能想起八〇年代？但也沒人使勁糾正她。總之她說八〇年代，政府為了要公務員節儉一點，就提倡吃飯採用五菜一湯，排起來像五瓣梅花，不過經濟起飛，大家都偷加菜，還玩笑地說是二度梅或三度梅，反而像笑話，結果不了了之。二度梅和三度梅是什麼知道嗎？梅開二度？梅開三度？通常是說再婚，那胖女孩還花了好長時間講了段戲曲故事，說是梅開二度的起源，但我最後只記得，梅開二度呀，也可以代表在床上做了一次後又做一次。」

利樺說完開心大笑，眼角一無細紋的笑。好久沒有一次講如此多話。忘記的就說忘記。記得的就說記得。可笑的就說可笑。做了一次還想要就再做一次。如此直截了當的邏輯或許正是她一生追求。就像她從嬰兒床邊爬出，一路爬上餐桌後滑下椅子再滑落地板邊緣的落地窗門檻。一旦決定逃出的決心，一路向下之最底。房內窄小無法成就荒原，短時間的極速墜落扯開遮蔽天幕，瞬間暴露無盡黝暗。她的滑嫩大腿勾上落地窗軌道的金屬邊角，拉開一道血河。母親總是重複，「我站在那裡瞧，一直瞧，以為露出白白骨頭。你爸一把抱起你奔向診所，診所醫師瞧半天，最後不敵我一直問，才終於說，那是脂肪，不是骨頭。」

「看來養得不錯，脂肪肥厚。」母親說。

胖女孩擁有大量脂肪，小恕卻顯然缺乏。這段時間他在家中到處跳動，像一把靈動枯枝，隨意攤開就是秋天。唯有腋毛極其旺盛，象徵暗色枯葉。要是穿套上長袖長褲，或許還不會有此感受，但他堅持短袖短褲，就連對自己孩子沒有太多關懷的母親都顯出煩躁樣貌。利樺眼見她不停走入武楊房內，將厚重衣物擺上小恕睡的摺疊床，再每天盯著衣物被無意間壓皺掃落下地。母親堅持撿起洗淨，燙平再摺回床頭。攻防日日進行。利樺幾乎覺得她幾乎像位慈母。（利樺沒有參與到的是，母親先是幾次嘲諷辱罵小恕，卻得不到任何實質回應，之後才進入沉默攻防。空洞的眼神對上空洞的沉默。）

她到底為何特地從外地生活回來，只為看母親作別人的慈母？

她記得國中時期，母親替她買了公車票，從此讓她自己在城市裡巨型彎斜的如蛇巷弄中運轉。她的學校離家很遠，除了少數幾位公車同路的友人，家就代表與所有交際隔絕。不像有些孩子父母還會到學校接送。她想像那是慈父或慈母的終極原型，是家與外在的光明連結。只有一次，一位男同學的父親在放學時分去，因為看到孩子打架弄髒的卡其襯衫而頓時理智崩滅，光潔寶馬車瞬間沒入潮涼暮色，她才感覺有點慶幸。也是在那段時間，母親靠美色找到了銷售保健食品的工作，從此愛上與人交際斡旋，而唯一表現母親姿態的方式是用百貨公司的日式便當餵食一對兒女，彷彿提供高檔照料。就連現在，每當武楊帶怪物回來，為了避免母子兩人衝突，她明明在外地讀書，卻還得特地回來作人形蔽障，最後竟然目睹母親開始作一隻怪物的慈母？

「這樣不是很好？」她同武楊抱怨，武楊竟如此回答。「她終於懂得作為一位母親的意義。」語畢似乎一陣興奮戰慄，嘴角抖著壓不下來，於是出門又為小恕多添購了一批大眾牌平價衣物。花的當然是母親的錢。

這次武楊已經五個月沒有工作。

他還在上那堂貴得嚇人的攝影課。如果要問她，她會說那樣的課堂不過是場騙局。一項次等技術換一個次等夢想。買空賣空。最終不過是體現人生寂滅的反覆耗費。武楊說他學的是藝術。確實，她想確實也是藝術，一種仍然執拗耗費的藝術。

就連那些相片也是。她曾在武楊的堅持下瀏覽過一次。然而被框起的城市熟悉得令她為難：陸橋、眾人在廣場上朝舞台仰頭、三角路口的夜間空曠、公車站牌後方的紅豆餅攤販、瀝青地面、揮臂走步的中老年男女、輪椅老人與深膚色的看護、正在大片大片消失的墓地、來回飄移的緊縮面容與小巷間的廟、近乎無差別的灰色方形公寓、榕樹、無止盡的榕樹落下黏膩的榕果、艷紅色的蟲子圍繞在無數果液與枉死的榕果小蜂外圈……。老舊是一層輕薄的紗，她很久以後才會知道，那層紗是為了蔽去自己年老。那層紗讓你與目光同步，直到醒轉那天，你才發現自己早已與一切共同星移。

正如那枚傷口結成的疤。她無數次在浴室內清洗，注視其凹陷與紋理，厭煩於它的存在與多年不變。然而此刻她突然明瞭，那個疤早已如同小忍，是一個過大又過大的胎兒，它的蜷伏被成長的皮膚拉開、膨脹。肌理彈性如此可人。新皮沿著縫線生長再不停擴張，成為錯落如河道的淺色奶白。只有當時被扯開的彎曲角度留下。不停長大的胎兒。她不記得痛、不記得哭、不記得自己被父親抱在懷裡，不記得麻醉或細針縫合自己裂口。她想回憶父親的臉，但父親的臉如同名信片上的字句細節，存在又失卻所有意義。

「你來。」利樺對小恕招手，小恕受到指令，似乎沒有反抗理由，便乖乖坐到利樺身旁。溫軟仿皮沙發。輕微惱人的摩擦。利樺按下左側褲頭，露出一整片臀部以下的大腿與傷疤，再伸手去指，「這是你。」「可以不要嗎？」「當然可以。」利樺笑得開心。武楊就要回到門前，但母親先打開房門，瞧見這幕，手指滑過自己髮際耳際。利樺眼角餘光有瞧見，但無反應。她不知道母親腦中閃過廚房內所有簇新購買的煎鍋與鍋鏟。閃過的畫面中無刀。這趟沒買到好刀。

小恕還僵著，還在等待下一個指令，卻又瞬間彷彿被注入了靈。他拾起胸口小皮套內的相機，武楊給的大禮，對著利樺的傷疤按下快門。如果用最大的解析度看，那些紋理足以構成星圖，攤在歐亞古文明的夜空，而夜空下有沙曬磚建成的屋宇，外部貼了陶磚或高等琉璃磚。無石無木，一座沙土之城，隨時準備崩裂碎開的姿態。屋外的河流日夜注入海灣，而無數夜晚過去，人們甚至以沙土新建了過往沒有的拱頂與半圓頂。屋內桌上有日常：半顆洋蔥、磨碎的茴香與一籃小扁豆。彷彿河流不會再次反向入侵淹沒。彷彿河流不會再將文明闔起再撕裂出全新文明。彷彿水不再是毀滅一切的創造之神。彷彿水之所以成為創造之神不是因為毀滅力量。

毫無交集之處。利樺想像父親在時空距離一個決定的海面上，意識到自己終將死在水裡；他身邊將有無數魂靈，但無人自願陪葬。

輯三

少女的怨恨

清晨火車站，一位少女穿著制服蹲在月台邊，長直黑髮垂在膝旁。她的女性朋友穿著一樣黑黃相間制服，但頂著一頭俐落短髮，舉手投足間充滿一種簡潔自信，她時不時拍拍那位少女，要拉她起來。少女卻還是拗著，即使不情願地站起身，呆楞幾秒，卻還是逕自蹲下，然後把頭在雙膝間埋得更深，彷彿可以縮得像枚嬰兒，再沒有人拿她有辦法。

月台上開始有人看向那位朋友，她也不太在意，只是又盡責地彎腰拍拍那位少女，要拉她起來，少女卻還是搖頭，白亮臉頰從髮間露了出來。朋友無計可施，只好轉頭望向火車即將浮出的方向，兩腳岔開，外套內似乎多穿了幾件保暖衣物，整個人微微膨脹，但和周遭穿了各式鋪毛或羽絨外套的乘客比起來還算含蓄。同樣含蓄的還有她光滑的側臉，沒有太多表情，但隱隱透出一種彷彿年輕人才有的自信。

那是一班六點三十分從台北出發的火車，七點零九分會到瑞芳，每天這時候她們會下車，小跑步趕在七點三十分前跨進校門，省得一大早就被門口面無表情的糾察隊找麻煩。她們不覺得準時有任何意義，但要是被登記了，卻又是令人萬分不情願的事，至於不情願在哪，她們其實也說不清，只覺得被懲罰畢竟非常丟臉。

火車一如往常地擁擠，她們和所有沒位子的學生一起擠在走道上。雖然站著，少女卻還是低著頭，身體大半重量都壓在椅背和朋友肩膀上。一位同樣穿著黑黃相間制服的男同學從隔壁車廂走來，看到她們，吃力但堅持地擠到她們身後，少女完全沒反應，她朋友則對他微微抬起下巴，算是打過招呼。男同學看了看少女背影，向她朋友點點頭，然後抓緊一旁椅背，三人就這樣一起隨著火車的行進搖晃起來。

一開始火車始終在地下行進，沒有自然光補充，車廂裡每個人似乎都只守著自己陰影，一盞盞日光燈讓它們微妙地岔往不同方向。然而過了不久，火車駛上地面，清晨的光線雖微弱但仍齊整地鋪天蓋地而來，吞沒了日光燈，也吞沒了影子，只留下一具平均上色的人體，而少女似乎也受到刺激，勉強地眨了眨眼。

但那只是一點縫隙，沒有任何生之流光溢出。

離他們大概三排座位，一位婦人靠窗坐著，身旁是她小學三年級的兒子。兒子因為疲倦還昏睡著，她卻張著充滿細細血絲的眼睛瞪向窗外，想著這次回娘家就不後悔了，不能後悔了，再後悔下去，連她自己都要笑自己了。婦人的臉跟手還算白細，看起來應該沒吃過太多苦，不過皮膚表層浮著一層薄薄油光，分不清是老化乾燥的皮膚為了自保泌出的油脂，還是婦人為了自保而大量塗上的乳霜。不過可以確定的是，婦人體質畏寒，一上車就開了兩個以鐵粉氧化發熱的暖暖包，一個在手上搓，一個偷偷放在外套下，緊貼腹部，輕微熱氣正開始滲進肌膚，她於是舒服地輕嘆了一口氣。

火車遇到彎道，振動，她那睡得像破碎人偶的兒子瞬間往她身上倒去，細細手指碰到她的手掌，好冰，她嚇了一跳，突然想到應該也開個暖暖包給兒子，於是拉開提袋夾層，從整齊塞滿的至少兩打暖暖包內小心拉出一個，搓得有點暖了，握在兒子手裡，兒子卻掙扎了一下，彷彿厭煩的抽開身體，像破碎人偶般又倒回離婦人較遠的一邊。

這時，火車劇烈振動了一下，突然停下來的剎那，所有人都往前傾倒，而婦人毫無防備的兒子則飛一般地撞上前方椅背。許多人在那一瞬間驚叫起來，身體也反射性地做出各種防備動作。就這麼不到一秒的光景，幾乎每個人身體內的腎上腺素無聲噴發，一束束肌肉也以看不見的方式僵直起來，彷彿遠古人類看到即將攻進洞穴的獸，自然地生出激烈的求生意志。直到火車真的停下來，婦人才抬起頭，發現自己抱頭斜縮在座位邊緣，而她兒子的額頭正流下一道細長的血絲他雙眼空洞無神，彷彿還在剛剛的夢裡，還在家裡的床上，也還沒有開始抱怨母親從未在早餐上準備炸雞。

眾人各自恐懼地交談著，沒有幾個人發現她兒子在流血，她也愣著，彷彿自己跟眾人沒有兩樣。

其他車廂開始傳出孩子的哭聲，瞬間放大眾人恐懼，而婦人兒子則像被點醒一樣，也跟著大哭起來。這一哭，婦人就與眾人不同了，車廂內大大小小的眼睛全往她臉上瞧，彷彿只要她安撫了這個哭泣的孩子，一切問題也能隨之解決。這當然是不合理的想像，但在無計可施的時候，這樣一點強人所難的願望往往可以帶來令人意想不到的撫慰效果。

「好了，不要哭了。」婦人小聲地說，慌亂抽出面紙要替他擦血，手才碰到他的臉頰，那本來一直溫馴昏睡的孩子卻突然被附身一樣，用力撥開她的手，抓起斜掛在身前的水壺揮向婦人胸口，然後聲嘶力竭地尖叫起來。

「都是你！都是你！又要逼我跟你離家出走！都是你！」

只有婦人知道，這就是她孩子平常的樣子，有時她忍不住想，一定是她上輩子弒夫或殺嬰，才會生出這魔鬼般的孩子，不過這想法總是飛掠而過，她不敢深究。首先，這樣想對一切並沒有幫助，再來，她可是這孩子的母親。母親怎麼可以這樣想自己的孩子？

當然眾人不管這些，附近的阿姨們開始搜尋身上可能有的甜食，一位站著的年輕女性上班族率先搜出一顆牛奶糖，於是不顧身邊擁擠硬是蹲了過來，努力擺出和善。「來，要不要吃牛奶糖？惜惜，不哭了唷。」

「我已經三年級了，沒那麼幼稚。」「不要這麼沒禮貌！」「你不要跟我講話。」

婦人臉頰現在是真正熱辣起來，她兒子安靜地吃起牛奶糖，她也就乾脆裝作一切沒事，暫時不管他。然而孩子額上的血絲凝結了，成了一條血腥證明，大家都想把它抹去，但看了這母子相處的一幕，又怕自己多事，於是幾個傢伙就這樣尷尬地氣惱起來。車廂角落幾位不清楚狀況的人更不安了，因為他們只看得到人群的焦慮，卻看不到那焦慮只是來自一條血絲。一條因為凝結氧化正在逐漸發黑的血絲。

列車長來了，他盡量仔細地問候每　個人，並說明鐵道上出了一點狀況，很快就會處理好。自殺，大家的腦子裡冒出同樣詞彙，但沒人敢問。列車長多走了幾步，看到一位穿著制服的長髮少女蹲在地上，嚇了一跳，旁邊女同學和男同學卻堅持她沒事，列車長才又繼續前進，見著了男孩額上的血絲。

這不是道德義務，而是鐵路公司的責任歸屬，列車長趕緊從手中準備好的醫護箱中取出碘酒，婦人仗著有個男性外人在，兒子比較不敢造次，也開始幫著清理。明明男孩看來不太怕痛，只是充滿一種幼小獸類受過驚嚇的憤怒，但旁邊幾個婦女此時還是忍不住湊過來，要他勇敢，別怕，忍耐一下，一下就好了唷。蹲在地上的少女此時終於說話了，但也只是一句極壓抑的「囉唆」，小聲到連她自己都懷疑喉嚨是不是還啞著。

好幾班火車都延誤了，由於尖峰時段，大家抱怨不停，想到還有許多人在不同的火車或月台上跟他們一起被耽誤，於是不知哪來的勇氣就抱怨得更大聲了。車廂裡吵鬧非常，大家就像熟悉街坊鄰居，共同數落鐵路局長期以來的不是——票難買，沒有服務良好的會員制，誤點半小時是家常便飯。說到最後，大家都明白有點言過其實，而且許多問題也早就改進了，只是都這個時候了，除了這些還能說什麼呢？而在一段距離外的鐵軌上，鐵路局的工作人員沒有心思談話，只是瘋狂地在逐漸亮起來的天色中奮力把軌道上沾粘的組織一點一點刮下來，並且希望在雨水還未讓一切加速腐化前結束一切。

婦人開始覺得冷，因為沒了空調，大家嫌悶，於是相繼把窗戶拉開。這是一班老舊火車，窗戶拉開時彷彿可以聽見鐵鏽被刮下來的聲響。冷風伴著雨絲吹進車內，她的暖暖包頓時顯得微弱，而她也不敢再開新的暖暖包了：要是開了卻沒分給大家，想必會招來責備眼光，然而她需要這些暖暖包。她太怕冷。

她的孩子在列車長替他貼上紗布後崩潰了，然而他向來不敢找男性麻煩，於是抓著母親的手臂開始哭。他哭得悽慘，還把頭埋進她的胳肢窩猛鑽，列車長以為他終於回過神來，想和母親獨處討點安慰，於是慰問了幾句後趕緊離開。婦人嘴上沒說什麼，心裡卻慌。怎麼這樣就離開了？多留一下呀。只要多留一下，你就會看到這孩子無法掩飾的本性，他現在這麼做不過是想趕你走，之後可會把一切不滿盡情發洩在我身上呀，別走呀，別上當呀，多留一下呀。

列車長背影才消失在另一個車廂的金屬門後，兒子眼睛就燃起溼潤火光，他一邊掉淚一邊發怒，十隻手指甲掐進她手背。幸好我早就料到了，婦人想，前晚就替他把指甲都修進指肉，現在只在壓迫中感到微微尖刺。不過兒子會的把戲當然不只如此，他開始挖洞般地在她皮膚上留下大量刮痕，還小塊小塊擰掐她的肉，摳她的指甲縫，接著因為母親幾乎全身上下覆蓋厚重衣物，找不到其他目標，就直接站上椅子張口咬向她的耳輪，婦人一閃，就撞上玻璃，孩子沒放棄，繼續用他充滿彈性的身體撲去，那氣勢當真是不見血不行。

大家這下更像熟識已久的街坊鄰居，尤其女性，各種年紀的，一個個湊上來拉、圍上來勸，孩子就是這樣，我家的也是，有時候起床氣，心情不好，衣服也都扔了滿地。小朋友，乖唷，不可以這樣對媽媽，媽媽很辛苦。孩子真的就是這樣，沒關係，大一點會比較好溝通，不過現在還是要給他一點生活規範，該遵守的要他遵守，該禁止的也要好好說。哎呀，手怎麼了？有流血嗎，你看媽媽好像流血了呢，是不是該跟媽媽說對不起？

「婊子，你們跟媽媽一樣都是婊子。」

遠方一位毛髮稀疏的矮胖中年男子突然笑了出來，露出一口異常整齊的白牙，還有那位蹲在地上的少女，偷偷笑得整個人巍巍發顫，一頭黑髮來回掃過細緻臉龐，甚至還露出了紅潤飽滿的嘴角。婦人開始抖，眼前像是浮起了霧，什麼都看不清。她知道她可以不用帶他走的，她大可把這孩子留在那間公寓裡，讓他繼續在那個異次元空間裡漂浮著，繼續以怒吼宣告自己的成長。說不定在沒有她堅持帶孩子去看醫生之後，他和父親會自然形成一種相處，那相處不是不存在，說不定只是注定與她無關。說不定只是因為有她在，她先生只能繼續毫無理由地罵她婊子，而她兒子只能繼續毫無理由地在她身上創造出新的傷口。

她知道她可以不用帶他走的，但她畢竟是一個母親呀，一個確實懷胎過後，就再也不能回到過去的母親呀。

窗外下起大雨，大家才意識到天色早已陰暗。冷風夾帶雨水大把大把灌進車廂，大家卻陷入一種無計可施的氣氛，除了幾個人聊勝於無地拉緊外套外，沒有人再試圖做些什麼。那孩子又累了，彆扭地將自己塞入椅子，小腿雙雙往外岔，頭深深埋進腿間，像隻垂死的蛙，也不知道是睡著還醒著。婦人眼前的霧氣開始浮現屍體，是的，屍體，那具想必在軌道上如煙花一般噴散的屍體，究竟還有沒有留下完整的部份？如果有的話，工人們會帶著憐憫心情盡量將它毫髮無傷地從軌道上分離下來，還是會因此抱怨工作變得複雜而繁瑣？

刮乾淨了，工人們總算鬆了一口氣，任由雨水滑落他們厚實的頸項，一滴滴滲進早已被浸透的白色背心。他們拎著兩隻黑色大塑膠袋離開了，而火車正準備重新啟動。車廂內響起了廣播聲、一陣陣鬆了口氣的讚嘆聲與隱隱失落。

那少女也不知何時站了起來，雖然還是低著頭，但總算面對她的兩位同學，小聲地說了些什麼。

火車重新啟動了，一開始幾乎沒有晃動，讓人難以察覺，等乘客回神，看到的已是窗外風景滑順地往後消逝，彷彿一切從未中斷。還有雨，匯聚成水流，在窗玻璃上畫出幾乎同斜度的線條。人們回復原本姿態，彷彿他們從未交談、從未四處張望、也從未因為某人的話不禁笑了出來。那孩子還是執拗不動，但沒人在乎了，婦人卻激動起來，心裡震顫簡直無法壓抑。她又想哭，又覺得哭泣這事簡直普通到令人憎恨，於是突然笑了起來，聲音細細的，一開始織在雨聲當中，後來卻成為車廂內唯一主題：大家必須假裝沒注意到她，但同時又明白大家不過是在假裝。

「吵死了，瘋女人。」

少女終於抬頭，眼神利劍一樣充滿怨恨，她的兩位同學驚恐呆愣，只是不知所措地立在一旁。車廂內真正安靜了，車輪與鐵軌的碰撞聲與車廂間金屬榫頭的敲擊簡直大到令人無法忍受，連從前總被認為是背景的雨，都吵鬧地讓人驚訝，彷彿數千人正踩踏滿地的塑膠袋洩忿，一場行動藝術般的展演。

「你難道不知道，失眠了一整晚，我頭有多痛嗎？現在遇到這種事，還要被登記遲到，已經第三次了……」

兩位同學急忙開始安撫她，沒辦法，這是火車出問題，應該可以開張證明，叫糾察隊不要登記，頭真的太痛大不了就去保健室嘛，對呀對呀，旁邊有零落的附和，接著又是尷尬沉默。少女眼神卻沒有要放過婦人的意思，還是一樣燃燒著張揚怨恨，雖然勉強低下頭，那火光卻讓呆楞的婦人完全黯淡下來。婦人轉頭看兒子，雖然還是縮著，卻總算抬頭，下巴枕在膝上，眼神疲倦，她於是伸出手，雖然在碰到兒子前猶豫了一下，終究還是撫摸了他的臉龐，小聲地說，沒事了，沒事，睡一下，一切都會很順利的。

瑞芳到了，少女帶著她的怨恨走下月台，和同學一起從書包找出幾件鮮亮雨衣胡亂套上身，頭也不回地衝入氣勢驚人的暴雨。而在他們衝出票口的當下，幾位剪票員正在溼熱的空氣中躁動地聊著，真受不了，現在的小孩子，只因為要移民美國，家人說養的五隻貓不能帶，要送走，小女生就把貓全部塞進塑膠袋丟到上鐵軌，問她為什麼這樣，她竟然說那是她的東西，到死都要是她的……

婦人的兒子終於又睡著了，婦人翻遍提袋，竟然找不到平日總是帶在身上的急救包。她歪頭想了想，是嗎？終於還是有失算的時候呀。於是她仔細觀察了自己手背上被兒子捏出的那些彎月形傷口，橘紅色的，接著她舔了舔，本以為會嚐到別人口中描述的鹹腥血味，卻因為間隔太久，只剩乳液殘味，微苦。那一瞬間，連她自己也不知道的是，她看起來像隻柔軟而深沉的貓，從舔舐的動作到眼神都露出了少女般嬌媚的野性，但就只有那麼一瞬間。

那麼一個瞬間後，她又只是一位婦人，繼續想著，這次不後悔了，不後悔了，再後悔的話，連她自己都要笑自己了。

夢的共犯

這女孩睡在毓秀房裡，恍惚間，毓秀覺得這也可以是她女兒。雖然她們之間才差十歲，不過無妨，反正一切只是技術細節。去掉眾人言語後，誰人的生理運作不是技術細節？天冷，她感覺背頸一陣冰涼，趕緊替女孩攏緊棉被，然後心底突然如樹芽初發，長了母愛，強烈莫名。也許是命，她感覺那股長久匱乏的熱度緩緩擴散，終於包覆了她終年冰冷的每根指尖。

「還要繼續嗎？繼續下去有意義嗎？」

終於又一次，她覺得自己能彈奏了，而且會是帶著喜悅。她留了紙條，字跡娟秀有力，想像一位母親如何嚴格又慈愛，「有事出門，別擔心，會帶晚餐回來。」然後她拎了裝滿琴譜的背袋出門，公車上，冷清的午後只有年老或失意的人們，像脫隊的賽鴿，百無聊賴散落各處，甚至不具彼此對視的能力。她卻感覺自己羽翼伸展，灰煙抖落四處，冬日陽光此時穿雲而出，帶著細細魅影，眼看又要是潔淨開始。

到了琴房，櫃台玲瓏珠子串成的蟾蜍咬了新的錢幣，毓秀問了，怎麼換新？老闆說原先的錢幣給學琴的學生撞落，聲音也玲瓏，卻嚇得他背上寒毛直豎。不過說起這新硬幣，給巷口的師父保佑過，裡裡外外都是光亮前途。毓秀聽了，不知為何心稍冷了，有些後悔，但想到自己房裡女孩，又振奮起來，租了兩小時琴房，嘩啦啦彈奏起來。

聲音是這樣，通常來自碰撞，振動，最後形成所謂音波，或疏或密，排列各種高低起伏。她的手指在鍵盤上，看似是一切開端，但靈魂無形，真正從抽象中將一切起始，而最後的振動與音波也將回饋於斯。毓秀深知這道理，對此她極為驕傲，雖然這份驕傲因長期的拖磨喪志而蒙灰，但現在又鮮活起來，於是她終於又能繼續嘲笑所有只懂複製樂譜的平庸之輩，以及所有將她拋在身後的眾人背影。

背影，背影是這樣，你愈是看，就沉澱得愈深，直到輪廓無法再被侵犯。

蕭邦的24首練習曲，毓秀在此刻選擇的是第10號作品之4，快速的音階敲打周遭空氣，帶著幾乎要激怒誰的氣勢。她知道這彈法太激烈了，應該輕盈一些，讓一切感覺是玻璃正沿裂痕快速擴散，而非猛烈撞擊，然而現在她的靈魂太過激烈。她彈了三遍，才終於將自己緩慢下來，然後深吸一口氣，再彈，彷彿她還是一位天才少女時，懷抱著那樣必須節制才能避免灼傷自己的熾烈心思，正要向世界展現她所懷有的一切。

是的，十年前，她就是那位女孩，只是當時的毓秀留著過短的髮式，無論去不去學校，出門都只穿棉織的白色運動襪。關於衣著，她的確不夠精明，討人喜愛時依賴的就是那對沉默又深邃的雙眼，以及十隻纖細敏銳的手指。大家都愛她的手指呀，無人例外。就連鮮少稱讚她的父親，都曾忍不住望著她挾著筷子的右手，呆望直到自己匙中那塊多汁的滷肉滑落桌面，噴出的油漬浸壞了他端正整齊的白色衣領。

而十年後，輪到現在那位女孩，她穿著米色上衣，紅色描花布裙，臉上淡妝幾乎被淚水洗淨，但露出的仍是青春乾淨的臉容。毓秀邊彈奏，腦中邊浮現女孩的悲傷，以及她那提供女孩沉睡的悲傷房間，在音符跳躍隙間如剪影次次浮現，又次次沒入琴房被隔音材完全覆蓋的牆面。

作夢吧，我的女孩，我用琴音向你保證，那是人類最正直的德行。

……

雖然當時青春年少，但毓秀在眾人眼裡是以才華的方式顯現，絕非緊致的肌膚或堅挺的乳房。她消瘦，她靈氣逼人，人們讚嘆她的脫俗，幾乎是嫉妒。儘管如此，她從不驕傲，至少從沒感覺自己驕傲，但後來她才明白，驕傲是個形容詞，附著在她這個名詞之上，而儘管她無法感覺到這個抽象的概念，他人卻能輕易從她身上看到。

因為他人在意的並非名詞，而是形容詞，但每個主觀思索時卻以為那是同一件事，唯有客觀的全知之眼明白其中分別。

當時有位男孩追求毓秀，含蓄地，怕傷害她那樣。她竊竊地快樂，但不當一回事，因為她忙，忙著練琴，忙著保送大學，忙著熟練蕭邦全部24首練習曲。然而不自覺地，她越來越常彈奏第10號作品之10，那曲調真正浪漫，帶著輕佻的粉色氛圍。雖然同樣是快速音階，但有許多盤旋在高音的連續彈奏，像一串珠子在玻璃碗裡密集彈跳，而非那激烈地由低音拉上高音，又深深落回低音的沉痛墜落。

那時期天光正好，無論室內室外，毓秀眼界都是一片清明。為了維持體力，她晚間會去附近的小學慢跑，小學在夜裡是極為壓縮的空間，充滿了過度具有活力的不在場證明。人們彷彿能從所有設施中聞到生猛的兒童汗味，但當晚風拂過，感官接受到的訊息卻是一無所有。她只在晚間慢跑，一方面怕熱，一方面是父親不想她曬黑，曾含蓄地在她某次週日午後的慢跑結束後，拿了一瓶防曬乳放她桌上，留了字條，「給安妮：如果一定要白天去，記得擦。」從此她就不再嘗試白日的慢跑。在當時看來，一切的選擇與歸因都那麼理所當然，太過理所當然，以致事後回想時，她幾乎無法承受其中的殘酷。

男孩追求得激烈，她找不到拒絕理由，卻給了她父親憤怒理由。那是她父親最常同她說話的時光，要她清醒，要她彈琴，要她想想未來，要她別為了外面隨便一個男人，這樣放棄人生。怎麼會放棄人生呢？毓秀想，我現在多麼快樂，自足飽滿像顆豔紅的糖果。我是給人生上了色，加了美妙甜味。人生就在擁抱當中，在男孩這個名詞當中，而不是那些處於遙遠未來的抽象修辭。

修辭是謊言，她一直這麼覺得。因為語言是騙術，修辭也就理所當然是操弄的工具，但她清楚，那些沒有感受到的，都是假的，都是喧嘩的虛空。就像缺乏靈魂的音樂，只是鍵盤的敲擊，只是琴弦振動的密集展演。

比如父親總是叫她安妮，安妮安妮安妮，那是她此生明白的最殘酷修辭。

……

女孩來找毓秀時，在大太陽的午後卻全身溼透，毓秀也沒問，只是替她清理，並欣賞又忽視她的秀麗。欣賞是對美的崇拜，是必要的致敬，是風拂過樹梢一定會搖響的聲音；然而忽視卻也為了同樣原因：為了避免過度修辭造成的誤解與痛苦。女孩還年輕，一切還來得及，毓秀不會讓她重蹈覆轍。毓秀有經驗了，經驗就是要讓人更有能力。

原先在網路上，毓秀向來不與人談話，但女孩誘發了她深埋已久的熱情。女孩透過精密連結的社群網路找到她，和毓秀說她彈琴，但身邊朋友都不彈琴，久了覺得孤獨。曾在幾年前，女孩看過她在地方音樂小廳的獨奏會，著迷於毓秀的熱情與姿態，從此心裡就對她藏著一份景仰。景仰嗎？毓秀琢磨這個詞彙，彷彿是一粒新被發現的礦石，在螢幕的數位訊號中發出奇特又原始的光芒。

這是名詞？還是形容詞？修辭是否能引發真實情愫？

女孩說，她也在毓秀這個階段練蕭邦，現在正掙扎於練習曲第25號之1，降A大調，中音部的密集溫柔，極軟，像在棉花上翻滾，但她無法傳達那樣的圓潤，怎麼彈都稜稜角角。毓秀怔忡了一陣，突然明白她知道答案，但無法告訴女孩。因為就在那一刻，母愛的種子落進她的土壤，讓她明白那樣無私又美妙的旋律從何而來，但女孩，如同十年前的她，是不可能真心關心自己以外的生命。那時所有的愛戀，比如她的那位男孩，都不過是為了再次肯定世界對自己的愛戀。

是的，有時只是一些話語，女孩們就忍不住要美麗，等回過神來，美麗留在夢裡，話語卻仍海潮般襲來，直到把女孩淹沒。毓秀明白這情況，但不願接受。接著女孩又說，父親對她非常要求，母親卻又對她的成就毫不在意，毓秀心裡起了微妙惡意，接著羞愧。是呀，痛苦總在不同地方反覆輪迴出現，與其慶幸，不如嘗試消滅，她正想打字回話，想跟她說，其實彈不彈琴沒關係，你是你，琴是琴，就算一齊發出聲音，也只算得上是一種相遇，彼此無法取代。然而才要送出訊息，她又猶豫，也許頂尖的追求就必須來自絕望裡，因為絕望當中才長得出夢，夢也才長得出飢渴的追求。她一邊猶豫，一邊眼淚毫無情緒地流下，最後終究什麼都沒提，只說，要是真有什麼困難，來找我，也許我們談談。

談什麼呢？

沒談什麼。她只是將女孩送進浴室，等她洗滌完畢，再等她出來，親愛地替她擦乾全身。女孩還是哭，哽咽，說父親嫌她沒有進展，母親在一旁風涼，也不說話。她不想彈了，真的不想彈了，想要當個普通人，念普通大學，將來找個普通工作，也許嫁個普通的老公。毓秀沒回答，只是細心照顧她，幫她平靜，接著，要她先睡一下，真要討論，也等你睡飽，有了精神，我們慢慢再談。

女孩本來都要躺下了，突然又緊緊抱住毓秀，大聲抽泣起來。她感覺女孩身體的震顫，忽然就出了竅，陷入回憶，想到當年她被父親趕出家門，她也是這樣抱著父親的小腿，一陣一陣哭泣。父親的確憐惜她，不好直接把她踢開，但整個人大力呼吸，簡直隨時要昏厥那樣。但父親其實也不是憐惜她，她瞄到女孩細白的手指繞過她的後頸，落在她的耳邊，突然就明白，父親也許是怕這一踢，傷到她的手指。

手指，鍵盤，聲音，靈魂，眼淚，夢。

毓秀把女孩輕輕放倒在床上，看著女孩本能性地蜷曲，本能性地將薄被拉到身上，本能性地閉上眼睛，本能性地從眼角流下美麗的淚水。

是呀，如果沒有母親，就創造一個母親。

……

關於離開，毓秀向來沒什麼才能。所以對於母親離開的那個夜晚，她除了呆滯，什麼反應也做不出來。她記得父親有哭，母親沒有表情，只有在看到她時多了一點愧疚與厭惡，厭惡與愧疚，不停反覆出現。毓秀想說些什麼，但也不知道說什麼好，年幼的無知有其好處，畢竟以生存本能來講，如果意識到不管說了什麼都無法改變，還不如不說，降低厄運到臨的風險。然而父親看到了她的欲言又止，立刻釋放出鼓勵性的焦急，她找不到拒絕的理由，於是說了，媽媽，留下來。母親看她，愧疚與厭惡，厭惡與愧疚，終於翻滾成巨大的無措，「我不是你媽媽。」不過，其實沒有人知道這句話這是什麼意思，不過關於恨，大家心知肚明，毋須多言。

毓秀沒有難過，因為父親後來總說，真的沒什麼好難過，而且琴音神奇，輕易溢滿家裡，驅散不必要的沉默。父親喜歡聽她彈技巧卓越的曲子，她於是在家只彈蕭邦練習曲第25號之12，還算有名，琶音利索上下，偶爾鄰居來抱怨，她父親道歉起來謙恭穩重，心裡卻仍莫名歡喜。不過離開家後，她就再沒碰過這曲，畢竟失去了合適的場域，樂曲也失去了共振的靈魂。

是呀，究竟是誰的靈魂能被碰觸，誰的靈魂對半分開，或者飄散，或者執著於和他人黏合？

在離家之前，毓秀以為琴音是對母親的恨，對父親的愛，後來卻發現全是誤會。愛恨都是方向：你追求誰，就以為對誰愛戀，你抗拒誰，就以為對誰憎恨，一切都能瞬間翻盤。如同女孩嘴裡對父母的怨恨，其實都是抗拒：抗拒過多的介入、抗拒過多的忽視。

然後毓秀突然明白，女孩和她不同，女孩的父親真正執著於女孩，所以才讓女孩抗拒，毓秀的父親執著的是會彈琴的毓秀，所以她必須反覆證明，反覆需索。因為女孩的眼淚是那麼動人，毫無隱瞞，而那樣的直接的悲傷背後，其實有的是更穩固的安全感；哪像她，連哭都害怕，怕要是哭了，就不美了，不堅強了，更不值得人家喜愛。

不公平。

意識到這件事的毓秀，剛讓冬日的夜風吹乾了她因為琴音激動的頸項汗水，發起抖來。她手裡提著乾麵與滷菜，站在自己公寓外的小公園邊，忽然就進退維谷。她想到女孩，在她離開床邊後突然驚醒，張大美麗眼睛，又問她，「還要繼續嗎？繼續下去有意義嗎？」在失去所有父親的支援後，她的專業生涯完全不順利，這個問題因此在她腦中出現過無數次，像播壞的音軌，卻從未得到解答。對於女孩，她當時只是笑而不答，現在卻想到了一個完美卻又惡毒的回應：「繼續下去吧，即使現在還不明白，只要繼續努力，總能得到你想要的一切。如果家裡無法給你想要的支持方式，就離開他們吧，他們無法阻礙你，你才是自己的一切。」

公園裡有孩子瘋狂激烈的玩耍、衝撞、吼叫、奔跑。毓秀看著他們，像隔了一層紗，而那些純粹的躁動，如同另一個世界的喘息，向她暗示了一種奔跑的姿態，她卻從來無法真正了解。

然後毓秀感到自己周身沉靜下來後的冷清，趕緊要回房間，和女孩共享簡單溫熱的食物。她想像女孩眼中出現的感激，也許帶著一點愛嬌，再一點依賴。那表情，或許毓秀也曾擁有，但即使失去了，也不代表她不會喜歡。

……

安妮，沒有人願意叫她安妮了，這是她的解脫，她的悲劇，她無數無數的留白。

毓秀躺在床上，背對暗裡發光的電腦螢幕，嗅著女孩留下的香氣。毓秀不會再和女孩聯絡了，絕對不會，太丟臉了。她甚至來不及傳達她的惡意，女孩就已自行離開，留給她一個虛幻的房間。女孩想必已回到她那據說窒人的家中，即使爭吵哭泣，想必最後還是能共享一種相濡以沫的愛意。正如同她反覆追尋的夢，前景是成功美貌的毓秀，穿著鑲滿亮片的黑色長禮服，在台上彈奏無懈可擊的樂曲，而仔細往後瞧，她的父母在觀眾席間，眉眼模糊，都帶著美麗的笑。

電腦的音響反覆傳來蕭邦練習曲第25首之11，前奏單音緩慢，風雨欲來，接著是憂傷和弦，接著是華麗墜落。這是一首華麗墜落之曲，所有其他的盤旋迂迴都只為了墜落。但墜落並不絕望，是帶著快感，帶著奢侈，而這一切毓秀都太過熟悉。

她突然賭氣，坐回桌前，發瘋似地吃起兩人份的乾麵與滷菜。這首曲子不能停止，一定要反覆播放，因為結尾是唯一完整向上的琶音，簡單，俐落，簡直像是明白沒人知道如何面對這樣的樂觀。這首曲子有名字，是冬風，Winter Wind。

其實毓秀不知道的是，她的夢早就實現了，正如同那女孩的夢也早已實現。在之前那座地方性的小型演奏廳，毓秀雙頰泛著興奮油光，身上的鵝黃禮服一點皺摺也無，是柔滑的絲緞。毓秀的母親當時還未因為另一位男子厭倦自己丈夫，只是靜靜坐在觀眾席裡，聽他談他們的安妮，未來一定能揚名國際，她的嘴角被這夢想牽強撐起，帶著欣慰而冷酷的微笑，直到聽見她丈夫說出：「像你一樣，完成你未完成的夢想，不是很好？」她的笑容終於完全銷毀。至於那女孩，當時則與父母坐在另一個角落，說自己以後要像毓秀一樣，她的父親看著平日孤獨的女兒，決定全力替她實現夢想，她的母親則有些妒恨，想著女兒搶去丈夫所有注意，但幸好她還有夢，要生一個男孩，只屬於她的男孩。

所以一切早已發生，在那個夜晚，所有人，包括所有旁觀者，都早已入席落座。旋律是抽象的，如歌頌，如泣訴，但最終只是震顫流動，如輕風。然而人們的思緒卻如此具體，如此牽動他人生命。掌聲響起，掌聲再次響起，幕落到最底部之前，短暫地卡住了一下，工作人員焦慮地猛按開關，那幕最後竟然也順利落下了。他們都看見了，他們六人都沒有不在場證明。

房間內的毓秀吃得辛苦，留下海帶與白菜浸在浮滿油花的湯水裡，她打了一個飽嗝，感覺自己嘴裡的微微酸味，然後決定沒有辦法，明日還是要去琴房。她把看似油膩的剩菜換進乾淨瓷碗，覆上保鮮膜，收進冰箱，然後突然中斷電腦音響正在播放的練習曲，換了運動鞋出門。公園的人群早已散去，只剩毓秀和一位表情陰鬱的男人沿著步道慢跑。在冬夜裡，兩人都穿著長袖外套，速度卻不一致，總以奇特節奏顛簸交會。終於，在某次錯身，男人停住腳步，對著她的背影喊，「那邊的池子，夏天有許多青蛙在叫」，毓秀沒有反應過來，來不及思考，突然腦中就響起了那一整片毫無秩序、也毫無美感的夏日蛙鳴。

染

樹皮泡在水裡，總會爛去。

阿蘭攪動大鍋裡的液體，此時顏色還不明顯，但看得出樹皮正在爛。她腳邊是一整片碎木、槌子和尖錐子，大大小小的工具在暗裡閃著細碎銀光，另外還有幾截形貌較完整的枝幹往後方陰暗處斜去。瓦斯爐火發出輕微的氣流聲，彷彿氣息將盡未盡，每次靈魂要出竅卻又給拉回來。阿蘭手瘦，上臂微微鼓起的肌肉飽滿，汗是一片剛好的光澤，畢竟天冷，連熱都難以成形。

今早本有一些陽光，但午後就倒插入雲裡。冬季的雲並不厚重，只是旺盛存在。

這座合板屋從水泥主屋延伸出來，結構不仔細，充其量是個填裝較為完整的亭子。天然染色是苦差事，無論時間長短，熬煮是核心，人必須站在鍋爐前和植物的葉、根或樹皮一起燒，等各色絲棉布料浸進去，留下深深淺淺的顏色。她偶爾也絞染或夾染，但不刻意。畢竟追求的是命運巧合。

屋內少有天光，一扇天窗是梯形，映到地上擴張開來，看不出來是菱形或三角。在離主屋較遠的一端掛了顆燈泡，阿蘭現在讓這顆燈泡亮著；唯一的合板門緊閉，沒鎖，底下還透進一點風。無妨。天氣再冷，阿蘭只要工作就是熱的，眼是熱的、鼻子是熱的、頸項是熱的、胸口是熱的、就連腳趾都是熱的。

阿蘭手痠無力一歪，鍋裡的水濺出幾沫，燙在下巴，她退縮了一下。

「你怎麼了？」身後那聲音是灰的。接著一陣金屬敲擊的聲響。

阿蘭背對水泥主屋，沒有任何反應。她的眼珠子稍微變了色，原來是水中一片片樹皮正準備起毛化開，讓鍋裡的水變了色。在還沒下水前，樹皮最外層帶點綠，內裡則是乾脆堅硬的橘棕色。現在加了媒染劑，滾水於是慢慢煮出了一點粉色，讓阿蘭的褐色眼珠多了一絲亮麗光澤。

「你怎麼了？」聲音微微拔尖。金屬敲擊地更響。甚至多了刮擦。

「叛徒！你為什麼不去死！」聲音更尖了，是女人的聲音。剛剛那聲音低沉探問，粗糙喑啞，換作旁人就當是男人了。

「你怎麼了？」你聽，這聲音又多像男人。

阿蘭的手臂真的開始僵硬，她把火微微轉小，單手繼續攪拌，另一手垂下休息，仿如一條即將死透的粗黑蟒蛇。她深吸一口氣，突然打了個嗝，中午的茄汁炒蛋就這樣黏糊湧上喉頭，已經發酸，但來不及細想又被吞下。她覺得有點作嘔，但吐不出來。是了，自作孽，她不該強迫自己複製父親菜色的味道。

「你怎麼了？」聲音開始顯得可憐，幾近哀求。

她今天其實可以不用染這批棉布，畢竟昨天早上才以樹葉染了一批人造絲，帶點灰棕的綠，表面發出淡淡塑料光澤，很是好搭。而且她下午不願停歇，又拿一批棉布做了藍染，於是阿蘭身前現在掛了兩色布料，正因為後方的細格窗縫陣陣飄起，當中一條隨意扭染的布料上有枚碩大圓形，彷彿眼珠子攤在中央，直直盯著阿蘭與阿蘭後方。

她無法想起父親但不想起弟弟。當時的弟弟圓胖飽滿，標準童星身材，和細瘦的她沒一點相似。弟弟愛笑，不愛說話，站直身體只到她骨盆邊緣。有時候笑得太厲害，眼淚就流出來，沒有原因，彷彿老人流目油，但整個人永遠幼嫩。他們是雙胞胎，但異卵，成長過程不停錯開，最後竟只有嘴形相似：以男子言，那樣的嘴形稍嫌扁平，無福，以女子言，那樣的嘴形又稍嫌霸氣，佔據了鼻骨以下太多空間。然而弟弟本來還到她肩膀、還到她腰際，最後只到她骨盆，所以這比例更是錯亂開來，像同樣千染卻以不同方式扭轉拉開的圖像。

有人忘了拉開弟弟那條棉布。顏色堆積在內裡，深到盡處便要發黑。

「如果要幫忙，說一聲，我立刻過去。」這聲音好溫柔，幾乎要擰進她心裡。

「叛徒！」又拔尖。沒錯。她明白這節奏。她早該明白這節奏。

她記得弟弟一路縮小的過程，雖然嚴格來說是她一路長大，但隨意抽換人的視角總是艱難，所以她很早就習慣了弟弟的縮小。更何況，隨著時光過去，弟弟的皮膚愈來愈皺，彷彿內裡萎縮後外皮冗贅，上上下下蜿蜒摺起，只為了收納多餘時光。她偶爾覺得好玩，用手指去摳那些凹陷，或擠捏山脊般的皮層形成不同地貌，父親總會嚴正責備，「阿蘭，不能這樣。」

阿蘭換手，讓另一隻手垂下。後方仍傳來金屬摩擦的聲響，當中有質地響亮、有質地粗糙，交錯間彷彿空氣被一片片割下來後又揉捲。地板傳來一串窸窣，或許是田鼠，阿蘭想，雖然這個季節不常見，但外面一畦畦農地即便荒廢，卻還是什麼都生長、什麼都隱藏、什麼都消滅，所以就算有隻田鼠此時脫序闖入，她也完全不會驚訝。

她很早就發現父母之間過度繁殖的沉默，比起厭惡，那質地無疑更接近沉默。父親會對弟弟說話，母親則比較疏懶，只偶爾願意帶阿蘭去閒逛。她們沿著鄉鎮中央唯一的主要道路走到火車站，沿途搜刮小吃，吃到嘴角油滑甜膩，舌根連味道都快要無法分辨才回家。她什麼都沒替阿蘭買，但總會隨手帶回兩包嬰兒米果，開玩笑地說，這樣你弟或許會開始長牙。父親回家，看到桌上被凌亂扯破的米果包裝，用拇指和食指捏著拎起來，眼神空洞，站在那兒好一陣子。此時沉默更是恣意繁殖，攀附在家中每個角落，沉入所有流動液體。

要打破沉默，唯有弟弟說話。

偶爾他說，「啊」，她父親便說，「孩子的媽，他說了『啊』。」

偶爾他說「啊啊」，她母親便說，「孩子的爸，他像你，愈來愈會說話。」

她曾經把手指插進弟弟嘴裡，反覆撫摸弟弟光滑的牙齦，接著再摸自己的乳齒。換牙的時候，她把自己的乳齒一顆顆蒐集起來，雖然漏掉三顆，但最後還是找了一個晚上，以曬衣夾反著把弟弟嘴巴撐開，然後用強力膠把自己十五顆乳齒黏在那兩道光滑牙齦上，有兩顆在過程中裂了，便扔掉。他還是笑，口水比平常流得更凶猛。然而她後來為了調整位置，拔壞一顆，弟弟的血於是流了半個嬰兒床，不過血色混了口水不深，床單便成了深淺不一的粉色拼貼。

那是她第一次看到父親勃然大怒。後來父親帶弟弟去醫院，她和母親留在家裡。母親只安靜了不久，接著便笑出滿臉淚痕。她安靜坐在染了一點血的地毯上，毯子邊緣全是剛剛雜亂跑過的凌亂皺摺。母親賞了她幾顆糖，她便覺得安心。母親總能讓她安心。

「我愛你們每一個人。」聲音變得好溫柔。阿蘭猛然轉身，掄起地上一支鐵鎚丟向暗裡。金屬敲擊聲、摩擦聲，有人在走動。「我愛你們每個人。」

「騙子。」阿蘭把爐火轉大，繼續用雙手快速攪動鍋內液體。液體的粉色更明顯了，樹皮更爛了。

她還記得那些農地廢棄前的情景。最後一次收完了作物，她拖著弟弟站在田埂上。弟弟的腳趾在下過雨後的黏稠泥地中陷落掙扎，身體挺直了又歪斜，歪斜了又挺直，簡直像在遊戲。田埂旁沒幾棵樹，只有一棵枝幹彎曲又長滿瘤的矮樹，相貌粗暴，上面的卵形葉片細密散亂。她記得那樹每隔幾年就會噴發出橘黃色的串串小花，接著便翻出白色毛絮，但大多時候只有葉子：偶爾嫩綠，大多時候是褐綠。而當時天空銀灰，風大，翻得她上衣如鳥振翅，弟弟也微微發抖，身體一彎跌下去。再站起來時活生生是尊泥偶。

她覺得煩，要弟弟去樹下站著。當時有開花嗎？阿蘭想了又想，只記得遠方山脈如刀刃在天際刻出的黑線，稜角分明。身邊的平原廣闊但有邊界。弟弟還站在樹下發抖，小小的臉，皺皺的皮膚，大大的耳朵，微張的嘴唇上沾滿半乾的灰泥。太陽即將落下，地平線上染了一絲紫紅，從西南方慢慢地朝弟弟蔓延過去。

她應該把弟弟叫回來。

弟弟的眼神裡出現一絲惶恐。

要是弟弟再笨一點就好了。

「不是你的錯。」又是喑啞男聲，幾乎充滿了愛。

弟弟的牙齦表皮從此變得薄了，動不動便出血。父親細心以棉球沾去血，但又不能沾太久，以免不小心又沾掉一層皮，露出下面不知是齒或骨的白色堅硬組織。母親偶爾幫忙遞棉球，百無聊賴，弟弟要是痛得呀呀出聲，他們便又對話。

「這孩子還是會說話呀，」父親說。

「很會說呢。」母親說。

又或者偶爾父親端出茄汁炒蛋，母親意興闌珊，她也只勉強吃兩口。父親自己喜愛，也是特意為弟弟準備這柔軟的食物。於是父子倆吃了一口鮮紅帶黃，嘴角帶笑。誰知道呢？或許早有血在裡邊秘密地流。

阿蘭看著鍋內液體，沒有沸騰，不能沸騰。就是因為不能沸騰，所以得一直攪動。現在這顏色已足以染第一批棉布，但她又想，每次都這樣由淺染到深，彷彿害怕錯過任何階段又是何必？說不定一開始忍住了，後來的顏色會更深、更飽滿，更散發出艷麗光澤。她大可不必這般小心翼翼。天窗邊緣掛了一盆枯死盆栽，鍋中輕微熱氣蒸上去，便在枯黃的細枝上結成水珠。水珠很小，反射出一道道類似虹的光采。阿蘭沒有注意。

她只記得那個晚上的自己沒有哭、沒有笑、沒有說話。弟弟一開始維持平日傻勁，即便痛，他也沒有足夠的能力回應，只是笑著流出口水與血水。逐漸地，他感覺自己笑不出來，但也不知道為何笑不出來，於是嘴角如壞軌影片上下變換，彷彿無法確定自己身體與靈魂之間的關係。血不停流，弟弟呆滯，萎縮的小手偶爾試圖去抹，然而一看到他抹，她便厭惡。他為什麼要抹？他為什麼不能像個玩偶待在那裡就好了？他為什麼要抹？

她應該去把爸爸叫過來。

但她只叫來了母親。母親和她一樣坐在旁邊一直看，後來拿抹布來，小心擦掉床板與地上多餘的血，小心讓眼前血水維持一定份量。弟弟眼裡偶爾出現恐懼，或明或暗，閃爍不定，像來自冥界的訊號。母親突然說了，「要是你弟弟再笨一點就好了。」

她笑了。

天快亮了，母親才說，去，去叫爸爸。

弟弟可以是白色的。他皺縮的手腳看起來更皺了，帶一點灰，彷彿休耕的土地。要是有鳥飛過，還可以在上面看見淡淡的影子；要是有種子落入，明年還有新的生機。

在醫院的時候，父親曾對失神的母親掄起椅子，母親沒有反應，是她把母親從那個走廊角落拉了出來。是她救了母親。

父母後來離得很遠，但她覺得無妨。父母之間最旺盛的是沉默，距離不是問題。正如同弟弟被火化後供在靈骨塔裡，說的話也不真的比活著時候少。

母親在父親剛離開時人清氣爽，彷彿尋得多年清淨，但漸漸又不行了。她以為她把母親照顧得很好，但母親走路卻開始歪倒，偶爾竟然動手煮飯，還在桌上擺七人份的碗盤，但裡面盛的只有過度乾燒的糖醋魚片，原本紅亮的外皮焦糖化後半褐半紫。「記得嗎？你弟弟最愛吃了。」她怎麼可能記得？弟弟和她是異卵雙胞胎，不是同卵，只不過剛好共享了出生時辰，此後從來沒走在一起。她強調過很多次了。更何況弟弟的唇齒總是深深淺淺的紅，不是這種，母親吃了一嘴糖醋魚片，唇齒是褐色。她知道自己不該說破。

母親一邊吃，一邊把碗盤收到剩下三人份，接著又加到九人份，但發現少了一支筷子，便嗚嗚地哭了起來。

「你為什麼把他們都偷走！」尖銳女聲在背後咆哮。

阿蘭感覺頭上滴下了水珠。無妨。

「不是你的錯。」男聲還是一樣喑啞溫柔。

「你閉嘴！」女聲裡纏繞了新的嗚咽，婉轉綿長。

在水泥屋陰暗的邊間的角落的抽屜有張桌子，桌子有抽屜，其中一格有信。那信是父親寫給母親，但母親從未看過。她無意隱瞞，但知道這是唯一選擇。就像那幾條帶血的抹布，雖然被水沖過卻仍留著花一般的印記。她別無選擇，只能為了她們母女留著。

周邊農地還在荒頽，火車站周圍卻發展出一座精巧市集，並隨時間把主要道路上的攤販一點一點吞吃進去、轉換、出壯，彷彿期望在今日拓印出明日藍圖。當中攤商來來往往，總是新面孔，母親於是比以前更愛去。她唯有在市集中眼神清亮，又是吃臭豆腐又是嚼龍眼酥，試穿衣服後還和賣炭烤的老闆暢談新市鎮發展。當然，困境都在底下浮動，比如母親還是和賣炭烤的老闆暢談，一日一日過去，話題繼續延伸，但炭烤老闆早已不是同一位。只是身邊人潮來來往往，從未有人真正發現，如同在舞會中交換舞伴，臉交疊著臉，陌生只是必要刺激，沒人真正起身探看這場舞會怎麼回事。

如同母親的母親。她也只知道那裡藏了一則意外，但從未親眼目睹。母親的母親之前很少來，來了幾乎也只和父親說話，現在父親一走了之，她來就非得同母親說話。母親的母親和母親坐在餐桌兩側，中間放了六只茶杯，兩只裝了茶水，另外四只倒放。母親把杯子內的茶水喝完後也倒過來，杯緣茶水在桌布上漫出一枚細小圓圈。然後母親把杯子拿起來，看著那枚被印上又即將蒸散的圓圈，「怎麼算都只剩下我了。」

母親的母親只說了一句話就走了。她不得不走。「你這樣還算個母親嗎？」

母親大吵大鬧地摔破了所有碗盤杯具。

那封躺在抽屜裡的信說了一模一樣的話：「你這樣還算個母親嗎？」

後來農地真被廢置了，雖然出現過大肆開發的新消息，但總是吵吵鬧鬧地喧騰又隱沒。附近的鄰居一位位搬走。母親本來還好，還撐得住，偶爾還叫得出阿蘭的名字，但後來又不行了。她某天傍晚返家，發現家門前有小小的火光，然後看見母親雙眼大張地在燒抹布與信。那是陰天，暮色被擋在厚重雲層之後，她聽見遠方有鳥發出當日最後的鳴叫。

從此母親變得愈來愈小。她的脖了歪向一邊、背駝、手彎、膝蓋失去功能、最後……

「你不會得逞的。」母親在暗裡說。

「你根本不知道我想要什麼。」阿蘭沒有回頭。

鍋裡的液體還是粉色，現在帶點紫。如同那日蔓延向弟弟的暮色。

在廢置的農地邊緣，風又吹過那棵樹。樹的枝條上結了一串串綠色的細小花苞，飽滿圓潤，內裡的黃色瓣片多汁香甜。地面蔓生的花草間有許多生物秘密地湧動，有顏色鮮綠豔紅的甲蟲、有鱗片亮黑的蟒蛇，當然還有田鼠，永遠都會有田鼠。地層因為幾次震動秘密地改變了，但沒人能精確掌握。唯一確定和過去不同的只有地平線上的一道道煙霧，日日散發出沒人聞過的嗆鼻氣味。遠方有一小畦菜園，上面有抹細瘦身影，是個和阿蘭一樣留在農地的人。那身影正拿著鋒利菜鋤繼續敲開地面，彷彿還在尋找些什麼。

弟弟稀疏的頭髮令人厭惡，不如光禿。

弟弟幾乎不存在的脖子令人厭惡，寧願沒有。

弟弟突起的肚臍令人厭惡，不知羞恥。

她今天其實可以不用染這批棉布，但她又想，誰知道呢？說不定這次就能重新染出抹布上的花紋。那是一種細瓣的花，柔弱但堅強，她早已反覆記得。

蹲在地上母親向她伸出了雙手，腳踝上拴的鐐銬似乎毫無用處。她沿著一地散落的利器走向她，再次與她雙手交握。阿蘭看得出母親眼神裡的渴望，也明白那渴望之中的恐懼。阿蘭可以再一次把她拉出來，她可以，但那又怎麼可能？顏色堆積在內裡，深到盡處便要發黑。她雙手抓著母親雙手，指甲幾乎要刺出彼此的血。她什麼都懂，母親一定也是。然而她離火太遠了。她開始覺得冷。

她舒鬆手掌，但另一雙手掌仍如鳥爪勾著她，她於是用力向後扯開雙手，母親一陣驚慌，發出飢餓雛鳥般尖銳扁平叫嚷。嘎嘎嘎嘎嘎嘎嘎嘎。阿蘭快步走回鍋邊，樹皮爛了，木頭纖維一絲絲在滾動水流中旋繞、一絲絲散開。她抓起那批棉布就往鍋裡扔，太燙了，她知道，這樣染劑無法均勻，但又有什麼關係？嘎嘎嘎嘎嘎嘎嘎嘎。有些地方注定濃重一些，有些地方就任由它淡去，任由光線穿透，彷彿穿透一片晶瑩，才能更襯出那深如鐵鏽之紅，才能讓花朵以正確的姿態再次伸展。

外頭的風更響了，強風從門底與細格窗縫灌入，凌亂吹翻所有布料，又吹歪了阿蘭頭頂上吊著的燈泡。於是在距離、身形與姿態的合作計算下，有那麼一瞬，就那麼一瞬，阿蘭與母親在布料翻飛中各自往兩側暈染出等高的灰暗陰影。

阿蘭瞪著鍋中沸騰的紫紅色液體。

附錄

原地踏步與有感暴力

——評論葉佳怡〈染〉

張亦絢（小說家）

閱讀〈染〉最容易與最不利的一種方法，就是指出作者如何將「染」這個意念，發揮得淋漓盡致。象徵、換喻或諷刺，這一類文字基本功，固然可以顯示寫作者的聰慧，但也可以與小說家的能力全不相干。基於此想法，小說深化「染」一事的企圖固然十分出色，我打算在這裡完全對它存而不論。

讓我從最不明顯也最大的優點開始。首先是小說的韻律感。不顧節奏的小說家很少，但是以它達到特定效果又令人印象深刻的小說家並不多。葉佳怡該屬於後者，有可能在開創韻律一事上，成為小說的前衛舞者。〈染〉不吝於描畫，但更無懼於截斷，句式內外因此有種短、單、澀的效果，像電報年代的電報文，或速記，該到的都到了，略掉的是我們絕對要不到的，要少不要多，要快不要慢，截頭去尾然後致：氣短味無與其他；重複之後，令人感到像橡皮筋，那種最小單位的彈性與攻擊。這份敏銳與節制，這個堅決不要迴旋空間的選擇，形成了這篇小說反抒情與非田園的基本風格。我稱它為「原地踏步」的美學。這不是無所事事，也不是不會變化；恰恰相反，這種美學，將小說帶到一種更本質的表現中。這個形式的倫理，這個更為某些表演藝術執著的東西——堅持製造效果而非論點，投擲刺激但不渠化反應——使我對這篇小說，尤其感到激賞。

緊接著，值得稱道的不只是小說豐富的問題意識，更是它處理問題意識優秀的層次置放。讓我們很快地看看這是些什麼。嚴格而言，〈染〉並不能完全歸於「我兒象人」這個傳統，怪物／渣滓／變形者（以下簡稱「畸人」）*並不是葉佳怡真正的主角，在通俗文化中，這個「難以改造的存在」（不發達的身體、智力與精神狀態），這個被自居正常社會位置所摒棄的「敗類」（被水噴灑的街友、被帶去自殺的鰥寡孤獨……），在被再現時，即便在「最善意的出發點」中，仍難逃「發揚母愛犧牲精神」的敘事枷鎖。（如台灣近年的電影《黑貓大旅社》）葉佳怡採取了一種完全不同、非啟蒙式的介入方式，並不將畸人作為人道精神的試金石與社會關懷的一塊磚，畸人之家未被簡化為一個社會問題。相反地，她選擇深入暴力的內裡——這是更近於執導《隱藏攝影機》（*Caché*），奧地利導演邁克爾·哈內克（Michael Haneke）的宇宙。在她筆下，是生理／文化男性的父親一肩負起了父性與母性原則，保護畸兒的尊嚴與人身安全，但這個模範仍充滿曖昧，阿蘭「複製父親菜色的味道」時，覺得作嘔；阿蘭「是她救了母親」，也隱隱指向父親接納畸兒遠比救援「退化的妻母」容易的殘酷事實。母親與阿蘭，都顯露出虐待狂。佛洛姆曾說：「虐待狂的動機是想知道人的奧祕，但是，即使用了這種方式，我還是一無所知。」兩女對弟弟長牙的固執，從某個角度來說，只要弟弟長牙發育——他就可以不再是難忍的奧祕。小說中的一家似乎是兩家，父子同脈，母女一國——殊堪玩味。弟弟不正常，母親難道就正常嗎？阿蘭親近「失格母親」，難道不也隱含效法父親「我更愛畸形」的美德的瘋狂嗎？換言之，愛身形之畸（弟弟）與愛人性之畸（母親）是一回事，愛都不正常。

母女共謀，一次次爆發令人戰慄的惡意，無論是母親希望降低弟弟的智商，姊姊厭惡他太多動作——這些遠離教化「卑劣低級的感情」，意味著母姊對其有著太深的感覺與連帶——要知道，卑劣低級的感情，仍是感情，且是投入更多與更掙扎的感情——這也是這篇小說走得最遠、最令人起悲憫的部分。阿蘭指伸弟弟口中與被禁止玩弄弟弟皮膚皺摺等節，很難不令人聯想到女童對自身性器官的好奇撫觸，以此觀之，幾乎只有嘴的弟弟，在無意識中疊覆於女性生殖器官之上。在父權集體無意識中，對這個性器官詆毀得最厲害的就是它不自動、沒腦、沒力：畸中之畸。無牙弟，不只是「永無止盡的嬰童形象」，也成了存有性／生殖焦慮的母女的陰部愛恨投射物。弟弟因此其實也是「妹妹」——亦即陰部的通稱小名。在此脈絡下，弟弟被隔離施暴一節與少女初潮意象（將血控制在定量而非止血）交錯，其中的惡夢特質與性別辯證，可說是扎實美妙的詩意寫作典範，令人擊節。

戲劇導演盧可・邦迪（Luc Bondy）將波德・史特勞斯（Botho Strauss）改編莎士比亞《泰特斯・安德洛尼克斯》的劇作《強暴》搬上舞台時表示，創作的首要任務，是讓觀眾感受到暴力的暴力成分而停止麻木。換言之，處理暴力，不能讓它停留在思維或視覺向度，暴力是種關鍵體驗。這是什麼意思？我們應該乾脆對著觀眾開槍嗎？當然不是。〈染〉中有一處，充分顯示作者以「有感暴力」撞擊讀者的功力：「正如同弟弟被火化後供在靈骨塔裡，說的話也不真的比活著時候少。」自此，畸人弟弟不只是暴力的祭品，也不是不幸事件的象徵，而被提升為一個永恆的現場與入口——這既是創傷不死性的暴力，更是小說家接生人類社會共有紀念物的暴力。透過小說，葉佳怡完成了這個困難且可貴的引介儀式。此作不把畸人作為圓心或背景，而將重心轉移到圓心擴散出去的每個漣漪——選擇多焦點，但從未顧此失彼。相形之下，

染

雙胞胎（無論同不同卵）的元素似乎沒那麼必要。我們已可看出「鏡（不）像恐懼」，是葉佳怡精采的辯證園地。儘管背光性小說家的路一向不好走，這裡卻有一位走出了路的：讓我們起立鼓掌歡迎吧！

---

* 近年來，有識者教我們無論多麼奇怪的病症，無論對多麼年幼的小孩，都應該用不帶歧視色彩的病名稱呼。這裡所以用了帶評價的「賤稱」，是為了配合文學上特指的意象。這個稱呼不足為法，特此聲明。

後記

原野

我們家的黑貓，在接近冬季的午後於書櫃頂端安睡，身體靠近熾熱燈光，烏黑皮毛如發亮原野。

我看著那片黑色的光，心想，原野一詞如此中性，可以滿是生命，偶爾也可以死大於生，如同呼吸之間短暫卻又無限大的間隙，絕對靜謐。然而兩種可以並無衝突。

工作一年以來，每日從家來回公司，從邊緣來回繁華，每趟走兩、三段瑣碎的路，轉兩、三班車，大部分時間在地下繞旋。三月時最辛苦，空氣還不夠暖，雖然不及殘酷四月；涼氣不肯退去，你恨又有點同情，但同情沒有效益，一下子又被自己撲滅熄去。然後是六月七月八月，真正的暑氣。

一年來幾乎無法寫出任何故事。雖說工作讓自己活得更像一個社會人，然而成為社會人是走一棟大樓，人在裡頭上下來回地走，看清了一些鋼筋骨架，卻也確認了一些言語無用。行為一旦出手，就是歪斜，文字一旦穿戴形體，就是反覆修改的開始。偶爾眼光與他人擦撞上，一絲火花一樣的理解，過了三秒或三、五個月，卻又要重新才能燃起，只因為你對他人的認識更多了。

不是不想往回走，倒退入那座陰暗巢穴，但其實也沒什麼陰暗巢穴。潮水退去在泥上留下許多孔洞，再淹沒便是重新開天闢地。什麼陰暗巢穴都是此刻隱喻。日子如常，但如常也不只是如常，應該愈過愈好，只為了明白那些此刻巢穴之間的連結。我們或許在同一棟大樓裡上下來回，卻是彼此幽魂。然而如何安靜或喧囂地善待彼此，往往不是那麼精神性的事。飯桌、稿費、信件、酒杯。有時候琢磨於必要之外可以的多一句解釋，有時候氣憤於對方明明可以的少一句怨懟。來回來回，什麼都可以計算。

只有這本書裡的故事是精神性的五年。斷斷續續留下來的五年。再更之前的故事，我放棄掉了，彷彿放棄之前曾在東海岸就學的人生。即便在那裡有一座小城市，是如今的我唯一不靠地圖即可辨認方向並感到安心的城市。

不過那樣的城市，終究也只能留在那裡。俐俐落落地。

偶爾當然還是會想，如果，只是說如果，生命原野中裸露出光禿泥土地，任人以枯枝描畫，大家或許都建構出一種關於缺乏的理想城市。孩子的城市沒有校舍，員工的城市沒有上司，清掃工的城市沒有街道，官員的城市沒有人民。這樣也好。人總要擁抱一種誠實。誠實非常困難，關乎一種選擇與作為，包括放棄，那和不說謊不是同一件事。而那座小城市，非常美好，卻始終不是此刻現實。我承認。

那麼現實是什麼呢？現實是我需要很多，現實是我不相信什麼漂亮的孤獨。所以我要感謝香吟老師在忙碌的九月為這本書說話，感謝俊穎老師從學校時期就總是耐心面對我的焦慮，感謝晴舫姐總是主動關心我。這次也麻煩了我好喜歡的作家亦絢，來自她的各式各樣幫忙我很難謝完。也感謝平路老師的閱讀與推薦。現實是我一直活得無比任性且猥瑣，稱不上讓人放心，也不是個很好的朋友。五年來許多朋友追著我，不讓我真正掉出任何關係，所以我要感謝他們總是不放棄我。

所以還能留下這些故事，彷彿始終在心口別著那座城市的影子。並偶爾允許自己回想起，當時其實也是生活在小城市的邊緣，寄居一間早餐店的二樓套房，薄薄門板外恆常趴了條巨大的黃金獵犬。她不是很喜歡我，我也不是很喜歡她。我們總是在彼此打擾，可是都享受那裡的山與河床。我們的快樂悲傷，即便在分開很久之後，都無法用不同語言訴說。此方彼方，總有一些缺乏形體的理解。

而活著是一片原野，而故事是一片原野。那是一片無限大的抽象之地，容許所有缺乏形體的物事。有時候我會在現實景觀中窺見那片原野，如同乾燥河床被風吹起一片霧黃沙土，再緩緩落下。你知道那是一段粒粒分明的過程，即便你或許永遠無法親眼瞧見，卻總能在腦中聽見那一次又一次墜地的震天音響。

以及每次音響裡面萬千變化的雜音。那些無時無刻包裹我們、讓我們安全的、無比安靜的雜音。

最後，問候我的好友佳嫻，問候總能一同走在原野上的我們。你與病痛的相處，比我所理解的有形無形的一切更勇敢。

染

作者　葉佳怡
總編輯　陳郁馨
責任編輯　陳瓊如
封面・版型設計　霧室
校對　魏秋綢

社長　郭重興
發行人兼出版總監　曾大福
出版　木馬文化事業股份有限公司
發行　遠足文化事業股份有限公司
地址　231 新北市新店區民權路 108-2 號 9 樓
電話　(02)2218-1417
傳真　(02)8667-1891
Email　service@sinobooks.com.tw
木馬部落格　http://blog.roodo.com/ecus2005
木馬臉書粉絲團　http://www.facebook.com/ecusbook
郵撥帳號　19588272 木馬文化事業股份有限公司
客服專線　0800-221-029
法律顧問　華洋國際專利商標事務所　蘇文生律師
印刷　成陽印刷股份有限公司
初版　2014 年 11 月

定價　300 元

國家圖書館出版品預行編目

染 / 葉佳怡著 .
-- 初版 . -- 新北市 : 木馬文化出版 : 遠足文化發行 ,
2014.11
面；　公分
ISBN 978-986-359-067-5(平裝)

857.63　　103020297